Eine Prinzessin zahlt nie selbst

Petra Reski

32 Schmähreden an den Mann

BASTEI
LÜBBE

BASTEI-LÜBBE TASCHENBUCH
Band 12 905

© 1995 by Gustav Lübbe Verlag GmbH, Bergisch Gladbach
Lizenzausgabe: Bastei Verlag Gustav H. Lübbe GmbH & Co.,
Bergisch Gladbach
Printed in Great Britain Januar 1999
Einbandgestaltung: Melanie Bentele, München
unter der Verwendung des Gemäldes »Merengue«
von Elvira Bach
mit freundlicher Genehmigung der Deutschen Bank AG
Satz: Siebel, Lindlar
Druck und Bindung: Cox & Wyman, Ltd
ISBN 3-404-12905-9

Besonderer Dank gilt
meinen selbstlosen Freundinnen,
die mir ihren Erfahrungsschatz
zum Plündern überließen

Inhalt

Eine Prinzessin zahlt nie selbst

»Die Hälfte der Rechnung übernehme ich«, sagte er großmütig zum Kellner, der vor Ungeduld bereits eine blanke Stelle in das Parkett gescharrt hatte. »Einhundertdreiundvierzig geteilt durch zwei sind?« Da legte ihm seine Begleiterin beruhigend den Arm um die Schulter und sagte: »Laß mal, ich mach' das schon.« Er atmete kaum hörbar auf und stieß ein erleichtertes »Ja, wenn du meinst« hervor. Beim Hinausgehen hörte man noch, wie er sie mahnte: »Du hast dem Kellner aber zuviel Trinkgeld gegeben.«

Und nicht nur das, möchten wir anfügen. Sie hat auch den ganzen Abend an ihrem Feuerzeug genestelt, weil er ja Nichtraucher ist, sie hat ihren Mantel selbst in die Garderobe gebracht, weil er seine Lederjacke ja immer nur über den Stuhl hängt, und hat als Begrüßung ein »Siehst ja ziemlich abgekämpft aus« hingenommen. Denn seitdem sich die Männer emanzipiert haben, wissen sie: Ist man erst mal zum Feministen mutiert, lebt sich's richtig ungeniert! Endlich eine Möglichkeit, um ihre angeborene Kniepigkeit ideologisch zu verbrämen (»Ich will nicht, daß du dich von mir abhängig fühlst«), und es wird geknickert, daß es nur so kracht.

Natürlich ist es vermessen zu glauben, daß ein Mann für den Preis von zwei Gläsern Chardonnay einer Frau die Unabhängigkeit abkaufen könne. Bar jeden Realitätssinns ist es auch, darauf zu spekulieren, daß sie sich nach seiner Investition in ein Drei-Gänge-Menü gar verpflichtet fühle, mit ihm die Nacht zu verbringen – zumal er sie schon den ganzen Abend gelangweilt hat. Geradezu beschämend ist es, Frauen für solche Simpel zu halten, die in getrennten Rechnungen einen Akt der Selbstverwirklichung sähen.

Mag sein, daß es zur Zeit der Suffragetten als revolutionäre Tat galt, die Rechnung selbst zu bezahlen, aber heute?

Heute widerspricht es einer in den letzten Jahren in Vergessenheit geratenen Grundregel, die da lautet: Eine Prinzessin zahlt nie selbst!

Frauen sind in 99 Prozent aller Fälle schöner als die Männer, die ihnen gegenübersitzen. Frauen duften nach Chanel, haben ein reizendes Lächeln, sie sind nun mal das schöne Geschlecht. Das ist vielleicht ungerecht, aber wer sich da beschweren will, muß sich schon an eine höhere Stelle wenden. Und für die Ehre, mit diesem Wesen kostbare Minuten teilen zu dürfen, muß der Mann eben zahlen.

Schließlich ergibt sich auch die Frage: Was, in Gottes Namen, sollen Männer schließlich sonst mit ihrem Geld anfangen? Soll man zusehen, wie sie sich für mundgeblasene Mountainbikes und handgedrechselte Hondas ruinieren?

Hätte sich die Unart der getrennten Rechnungen schon früher verbreitet, die Weltliteratur – sie wäre keine. Proust hätte die Suche nach der verlorenen Zeit nach wenigen Zeilen einstellen müssen, hätte er geschrieben: »Nachdem sie Austern und Kaviar gespeist hatten, ließ Swann die Rechnung kommen. ›Ich zahl den Kaviar, zahlst du den Rest?‹ fragte er die Herzogin von Guermantes.«

Und Hollywood wäre schon längst in Bedeutungslosigkeit versunken, hätte Humphrey Bogart zu Ingrid Bergman gesagt: »Übrigens, Kleines, du hast vergessen, deinen Champagner zu bezahlen.«

Hinter der Krämerseelenmentalität geiziger Männer verbirgt sich ein Abgrund. Wahrscheinlich haben sie in der analen Phase ein traumatisches Erlebnis gehabt und sind seither bemüht, immer alles festzuhalten – vor allem ihr Gehalt. Einer, der nur für sich selbst zahlt, sieht sich meist als Nabel der Welt, ist hypochondrisch veranlagt (hat er nicht auch den ganzen Abend darüber geklagt, daß »sein Hals seit Tagen so verschleimt ist«?). So einer sucht nach einer Frau, die bei ihm ihr Florence-Nightingale-Syndrom auslebt.

Das alles wollen wir jedoch nicht. Deshalb gilt es, in der Minute der Wahrheit, wenn der Kellner mit dem Geldbeutel klimpert, eine gewisse Geistesgegenwart zu behaupten. Man kann es mit dem Kanzler halten und die Angelegenheit aussitzen. Man kann sich sorgfältig die Nase pudern, die Lippen nachziehen und ihm aufmunternd zulächeln.

Passiert immer noch nichts, oder ist er gerade mit der Lösung eines kniffligen Dreisatzes beschäftigt (»Anderthalb Liter Sauvignon kosten 69 Mark, wieviel kosten vier Achtel?«), kann man die, wenngleich auch unelegante, Flucht nach vorne ergreifen und laut fragen: »Soll ich etwa selbst bezahlen?«

Antwortet er mit »Ja«, dann ist sowieso alles egal, und man kann ihm immer noch den Rest Sauvignon in den Kragen gießen. Verlangt er lauthals nach einer »Fiskus-tauglichen« Rechnung, möglichst ohne Datum, sollte man diesen Buchhalter mit seinem Spesenkonto allein lassen: Es versteht sich von selbst, daß sich eine Prinzessin zwar absetzt, aber nicht absetzen läßt. Täuscht er gar Unpäßlichkeit vor und verschwindet im entscheidenden Augenblick auf die Toilette, dann heißt es,

Ruhe zu bewahren, eiskalt zu lächeln, den Kellner um Nachsicht zu bitten und schließlich mit fester Stimme den magischen Satz »Der Herr zahlt« zu sprechen.

Zum Schluß nur noch Schillers Prinzessin von Eboli für die Herren, die immer noch ideologische Bedenken haben:

»Wie schwach
Von diesen starken Geistern! Weibergunst,
Der Liebe Glück der Ware gleich zu achten,
Worauf geboten werden kann! Sie ist
Das Einzige auf diesem Rund der Erde,
Was keinen Käufer leidet als sich selbst.
Die Liebe ist der Liebe Preis.«

Nur Mut!

Der Nilbarsch im Mann

Also, mit Bäuchen kennen wir Frauen uns aus. Weich und warm und kugelig. Die Franzosen nennen den Frauenbauch zärtlich *coussin d'amour*, Liebeskissen. Und dieses Liebeskissen ist der Frau ebenso angeboren wie die Fähigkeit, auf Zehn-Zentimeter-Absätzen Tango zu tanzen und schnarchende Männer ertragen zu können.

Mit ihren Bäuchen wissen die Frauen allerhand anzufangen, Bauchtanz ist da nur ein Aspekt. Bei Männern hat das schon immer Neid ausgelöst. Gierig starrten sie auf die Stelle, wo bei Frauen ein weiches Pölsterchen sitzt. Und was mußten sie bei sich selbst feststellen? Eine riesige Kuhle, die vom Rippenbogen bis zu den Hüften klaffte! Da vergossen sie bittere Tränen. Und wenn sie nicht endlich auch einen Bauch gekriegt hätten, dann wären sie immer noch ganz untröstlich.

Machen wir es kurz: Der Bauch ist der Versuch des Mannes, sich der Frau anzugleichen. Und das hat er mit dem Nilbarsch gemein. Untersuchungen aufmerksamer ägyptischer Biologen haben nämlich ergeben, daß sich der männliche Nilbarsch in den letzten Jahren phänotypisch dem Weibchen angeglichen hat. So sehr, daß man den Nilbarsch-Mann mit bloßem Auge nicht mehr von der Nilbarsch-Frau unterscheiden kann. Biologen vermuten die Umweltverschmutzung dahinter. Östrogen im Nilwasser und Quecksilber im Schlamm und Kadmium und Nitrat und Asbest und was weiß ich hätten aus dem Mann eine Frau gemacht. Kann sein. Allerdings scheinen hier die Biologen wieder mal völlig die männliche Nilbarsch-Psyche zu vernachlässigen. Was, so fragen wir, wenn der Nilbarsch qua alleiniger Willenskraft zum Weib mutiert ist? Und was, wenn sich dahinter verbirgt, daß sich der Nilbarsch Darwins Entwicklungstheorie (»Nur die besten kommen durch«) zu eigen gemacht hat? Nicht auszudenken.

Zurück zum Mann. Der lebt in einer Welt, in der sich bereits Siebenjährige weigern, ihren Vätern SCHON WIEDER den Unterschied zwischen Compuserve und Internet zu erklären. Viele Männer brechen weinend bei dem Versuch zusammen, mit dem Powerbook ein Fax zu schicken. Noch vor wenigen Jahren hätten sie ihre Familie damit beeindrucken können, den elektrischen Rasenmäher zu beherrschen. Und heute? Vorbei sind die goldenen Zeiten! Was bleibt?

Das ist der Augenblick, in dem viele Männer beschließen, zur Frau zu werden. Manche mutieren schon gleich nach dem Abitur, andere während der Schwangerschaft ihrer Frau. Spätzünder erst um die Lebensmitte herum: Wenn sie sich eingestehen, daß ihnen der Job als Marketing-Leiter von Wüstenrot doch keine Gänsehaut mehr verschaffen kann. Dann lassen sie sich heimlich einen Bauch wachsen.

Aber wie das so ist mit Original und Fälschung: Die Männer kriegen ihn einfach nicht hin, den Bauch. Bei den einen sieht er aus wie ein falsch umgehängter Rucksack. Anderen wächst, unter Außerkraftsetzung der Schwerkraft, kegelförmig aus der Leibesmitte heraus der Spitzbauch, wie wir ihn auch aus alten Wilhelm-Busch-Zeichnungen kennen. In Einzelfällen fängt der Bauch schon kurz unterm Kinn an, öfter jedoch verläuft er wie ein Gummipuffer um den Körper herum, ein Modell, das man im Rheinland auch »Stau am Mittleren Ring« nennt. Anthropologen haben in diesem Zusammenhang (das aber nur am Rande) die interessante, wenngleich bis heute unerklärliche Beobachtung des variablen Beins gemacht. Die Länge des Beins verhält sich immer proportional zum

Bauchumfang: Je dicker der Bauch, desto kürzer wird das Bein. Tragischer ist es mit dem, was den Mann zum Manne macht: Es fängt damit an, daß der Bauch die freie Sicht auf das Gemächt versperrt. Derart unbeobachtet, verkümmert es und schrumpft auf Erdnußgröße. Es gibt vereinzelt Männer, bei denen die Erdnuß später sogar vollständig vom Körper abfällt.

Die Bekleidungsindustrie hat sich schon lange auf den mutierenden Mann eingestellt, durch die Einführung von Bauchgrößen und die Erfindung von Hosenträgern: Denn nicht jeder Mann schafft es, seine Hose so geschickt zwischen Bauch und Unterbauch einzuklemmen, daß sie dort der Schwerkraft trotzt. Viele Männer versuchen anfangs ihre Nilbarsch-Tendenz mit Freßlust zu tarnen, indem sie sich zwingen, tonnenweise Joghurt-Gums oder Lakritzschnecken oder bittere Orangenmarmelade zu schlucken, um dann zu behaupten, daß der Bauch lediglich eine Konsequenz ihres Unterzuckers sei.

Aber die Frauen lassen sich nichts vormachen. Sie wissen genau: Dieser Kerl ist eigentlich eine Frau! Schließlich sind da noch die schwellenden Brüste, die anscheinend über Nacht gewachsen sind und jede Wonderbra-Benutzerin vor Neid erblassen lassen. Ganz fanatische Bauch- und Busenträger scheuen auch nicht mehr vor dem Lady-Shave zurück, mit dem sie Brust und Beine epilieren. Zartbesaitete klagen über Hitzewallungen und Prämenstruelles Syndrom und melden sich für den Kurs »Intuition und Auralesen« in Vorarlberg an. Dann besuchen sie noch einen Anfängerkurs »Der-mit-dem-Bauch-tanzt« und simulieren Preßwehen so täuschend echt, daß selbst erfahrene Hebammen darauf hereinfallen. Aber es nutzt alles nichts: Es kommt einfach nichts raus!

Kreisel ohne Kompaß

Millionen Männer verschwinden Tag für Tag auf der Welt. Spurlos. Auf unerklärliche Weise, wie von einem schwarzen Loch verschluckt. Sie verschwinden auf der Suche nach einem Zigarettenautomaten, sie gehen auf Dienst- und Urlaubsreisen abhanden, oft wird der erste Weg zum neuen Arbeitsplatz zur Reise ohne Wiederkehr. Dahinter verbirgt sich nichts Geringeres als eines der bestgehüteten Geheimnisse, ja, das letzte Tabu unserer libertären Gesellschaft: der fehlende Orientierungssinn des Mannes. Setzen Sie einen Mann, der im Münchner Stadtteil Schwabing wohnt, in Neuperlach aus – Sie werden ihn nicht mehr wiedersehen. Drehen Sie einen Mann ein paarmal um die eigene Achse – er wird nicht mehr wissen, woher er gekommen ist und wohin er gehen will. Die erste Straße rechts oder die zweite links, Nord oder Süd – was war's noch gleich?

Ein Mann kann sich in einer Telefonzelle ver-

laufen, denn sein räumliches Vorstellungsvermö-
gen ist so ausgeprägt wie das einer Stubenfliege.
Auch sie verbringt ihren Tag damit, ständig gegen
die geschlossene Fensterscheibe zu fliegen – ohne
daß das etwas an ihrer Überzeugung ändert, auf
dem richtigen Weg zu sein.

Einer, der sich ständig verläuft und für den die
Innenstadt von Lüdenscheid eine größere Herausforderung ist als das Labyrinth von Knossos (ohne
Ariadne-Faden), eignet sich nur bedingt zum Wel-
tenlenker. Das haben die Männer schon in Früh-
zeiten erkannt. Ganz Gewiefte versuchten, die
Schwäche zur Stärke schönzureden: Anders ist es
nicht zu erklären, daß Kolumbus zum Eroberer
verklärt wurde, obwohl er sich ganz einfach nur
verfahren hatte. Manche Männer glauben, daß dieser Trick noch heute zieht. Sie fahren stundenlang
in die falsche Richtung durch die Norddeutsche
Tiefebene, unbeirrt von Hinweisschildern und den
Ratschlägen ihrer klugen Beifahrerin, murmeln
was von einem gerade entdeckten, supergeheimen
Schleichweg und hoffen, wenn sie schon den Weg
nach Winsen an der Luhe nicht finden, dann wenigstens irgendwann in Sansibar anzukommen.

In der Werbung versuchte man die männliche
Orientierungslosigkeit schon vor Jahren mit Aben-
teuerlust zu verbrämen: »Ich geh' meilenweit für

eine Camel.« Soll er wohl, wenn er den richtigen Weg zum nächsten Automaten nicht findet.

Jahrhundertelang dauerte die Tüftelei, Kompaß, Atlanten und andere Hilfsmittel zu entwickeln, von denen sich der Mann Orientierungshilfe in der verwirrenden Welt erhoffte. Bis heute erfolglos. Denn was nützt die beste Straßenkarte, wenn sie für jeden Mann so rätselhaft wie ein Schnittmusterbogen bleibt? Männer müssen (»Aus welcher Richtung kommen wir denn jetzt?«) Karten immer verkehrt herum halten, um sich vorstellen zu können, ob sie jetzt links- oder rechtsrum abbiegen müssen. Und ohne Beifahrerinnen sind sie sowieso aufgeschmissen – aber selbst die gutwilligsten Frauen scheitern häufig am mangelnden Reaktionsvermögen der Männer: »Paß auf, mein Schatz«, flötet die Beifahrerin engelsgleich, »gleich kommt links die Einfahrt. Achtung, jetzt sind es noch etwa 50 Meter. Hier jetzt, ich habe es dir doch gesagt: hiiiier liiihiiinks! Schade. Schon wieder verpaßt.«

Weil Frauen aber hin und wieder noch ein, zwei wichtigere Dinge im Leben zu tun haben, als ihre Männer ständig auf den richtigen Weg zu bringen, und weil Amerika bedauerlicherweise schon entdeckt ist, sollen »elektronische Navigationssysteme« den Mann ans Ziel bringen. Das Leitsystem des 7er

BMW heißt pikanterweise »Carin«. Eine ganze Armada von Elektronik-Schnickschnack (»Satellitennavigation«, höhö) wird da aufgeboten, um dem Mann die zwei Fragen zu beantworten, die ihn erschaudern lassen, sobald er sein schützendes Zuhause verlassen hat. Erstens: Wo bin ich? Zweitens: Wo will ich hin?

Natürlich käme kein Mann auf die naheliegende Möglichkeit, einfach mal einen Passanten nach dem Weg zu fragen. Einen wildfremden Menschen um Hilfe zu bitten (Wo geht's denn hier zur Charles-de-Gaulle-Straße?) ist für ihn etwa so beängstigend, wie für schwul gehalten zu werden, und eine größere Mutprobe, als einer wildfremden Frau in der U-Bahn eine Liebeserklärung zu machen. Lieber fährt er wie ein Brummkreisel durch die Gegend, bis er irgendwann verlorengeht.

Natürlich wissen die Männer um ihren Defekt – und bezichtigen ausgerechnet die Frauen der Orientierungslosigkeit. Die Charakterzüge, die man an sich haßt, sagt man dem anderen nach. In der Psychologie bezeichnet man das als klassischen Fall von Übertragung. An der Grenze des Wahnhaften.

Wir wissen Bescheid, meine Herren. Wie war das noch mit der »Titanic« und dem Kapitän, der darauf beharrte, auf dem richtigen Weg nach New York zu sein, obwohl er direkten Kurs auf Grönland hielt? Und die Flugzeuge, die in den Bodensee fallen oder gegen jeden mittleren Idiotenhügel prallen, sobald keiner da ist, der dem Pilot sagt: »Nein, jetzt nicht lenken«? ICEs, die nie wieder aus dem Gleisgewirr auftauchen? Ach. Ein weites Feld.

Nur noch eins: Nord ist da, wo bei Männern Süd ist.

Tyrannosaurus-Chef

Erst mal vorneweg: So blöd kann kein Mann sein, als daß er nicht irgendwann mal Chef würde. Jeder Dummbeutel schafft es. Denn: Ernstzunehmende Konkurrenz gibt es nicht. Zu dem Zeitpunkt, an dem es Männer wie die Lemminge auf Chefsessel zieht, haben Frauen schon längst festgestellt, daß der Sinn des Lebens nicht darin bestehen kann, täglich zehn Stunden lang den Gewinn anderer zu maximieren. Männer werden Geschäftsführer von Rolladenfirmen, mit roten Backen gelingt es ihnen, die Spitze des Städtischen Fuhrparks zu erklimmen, unaufhaltbar schrauben sie sich vor bis in die schwindelnden Höhen der Position eines Vertriebsvorstands. Nicht Visionen von einer neuen Weltordnung drängen den Mann nach vorn, nicht marktstrategische Vibrationen erschüttern ihn, nein, es überfällt ihn so einfach und unausweichlich wie der Harndrang: Der Mann will Alpha-Rüde sein. Er will Leitwolf sein, und das um jeden

Preis. Egal: Auch wenn seine Meute lediglich aus drei Sekretärinnen besteht, der Mann will, meist blindlings, vorneweg rennen. Das ist ein genetischer Defekt, so wie Rot-Grün-Blindheit, dafür kann er nichts. Allerdings verbirgt sich auch nichts dahinter, jedenfalls nicht mehr als die Fähigkeit, im Bogen pinkeln zu können.

Damit das keiner merkt, umgibt sich der Chef mit einem Heer dienstbarer Geister: Ohne seine Vorzimmerdame erhängt er sich mit der Telefonschnur und bringt die Computeranlage zum Absturz. Ganze Industriezweige leben davon, dem Leitwolf zu sagen, in welche Richtung er zu laufen hat.

Und so rennen die Chefs von Gebäudereinigungsfirmen zu Management-Seminaren und zahlen 10 000 Mark dafür, ein Wochenende bei Mineralwasser und Overhead-Projektoren im Konferenzsaal zu verbringen, von dem sie nicht mehr behalten als eine Kunstleder-Schreibmappe. Sie kleben an den Lippen von selbsternannten Trendforschern und faseln bei der nächsten Konferenz wie hypnotisierte Kaninchen, daß es nur auf den »fraktalen Tanz« und den »Mind« ankäme.

Zwar widerspricht es allen Regeln der menschlichen Vernunft, daß einer Chef wird, der nicht in der Lage ist, sich zwischen einem grünen oder blauen Hemd zu entscheiden, der in tiefste Depressionen verfällt, wenn er den Videorecorder programmieren soll oder gar ein Wochenende allein verbringen muß, und für den die Zubereitung eines durchschnittlichen Abendessens eine größere Herausforderung ist als die letzte Camel-Trophy in den Anden. Kurz, ein ganz normaler Mann, für den schon der Alltag eine nicht enden wollende Bedrohung darstellt. Rätsel des Universums: Kann so einer Chef sein? Ja. Denn es ist das einzige, was ihm bleibt. Sonst wäre er schon längst wie ein Dinosaurier an der Sinnlosigkeit seines Lebens verzweifelt und eingegangen.

Nur hier, in dem Gehege zwischen Schreibtisch, Konferenzsaal und Frequent-Flyer-Lounge kann er sein entwicklungsgeschichtliches Repertoire zum Einsatz bringen. Er pumpt sich auf wie ein Maikäfer, wenn er bei der Montagskonferenz seine Kollegen damit langweilt, welche Weiber er am Wochenende aufgerissen haben will, er gockelt herum, denn als Chef fühlt sich selbst die häßlichste Kröte sexy, nichtsahnend, daß sie weder echte Macht noch Erotik besitzt. Auch wenn er schon lange begonnen hat, von der Leibesmitte aus stetig nach vorn zu wachsen: Mancher »Chef« versteigt sich in seinem Wahn derart, daß er sich noch mit Lesebrille und schütterem Haupthaar wie der junge Marcello Mastroianni in *La Dolce Vita* aufführt. Glaubwürdig überliefert ist der Fall eines Chefs, der nach einem Umtrunk einer Mitarbeiterin nachstellte und ein sabberndes »Ich will dich ficken« ausstieß. Obwohl er genau wußte, daß er damit seine physiologischen Möglichkeiten weit überschätzte.

Wichtig, gar überlebenswichtig, ist für jeden Chef, daß in seiner Meute die *old boys* mitrennen, solche, die sich mit einem Knöchelchen begnügen und immer bewundernd hecheln, ohne je auf die Idee zu kommen, sich selbst mal nach vorne zu drängeln.

Wie Napfschnecken am Felsen kleben die Männer an ihrer Position, natürlich könnte die Arbeit auch in der Hälfte der Zeit erledigt werden, aber Gott sei Dank gibt es Tennisübertragungen und die Fußball-Europameisterschaft. Wie soll man sonst die Zeit totschlagen, um endlich derjenige zu sein, der das Licht ausmacht? Wer vor zehn Uhr abends schon das Büro verläßt, kann sich zu Hause nicht mehr glaubhaft mit dem Cognacglas in den Sessel fallen lassen und etwas von »Wenn man nicht alles alleine macht« näseln.

Personalführung, Konfliktlösung? Männer haben nicht mal den Mut, eine Beziehung in aller Offenheit zu beenden, auch wenn sie so leidenschaftslos wie ein Gymnastikkurs verläuft. Konflikte scheuen sie wie Ex-Alkoholiker die Weinbrandbohne. Zur Vermeidung intrigieren sie. Die *old boys* spinnen Netze, daß selbst Lucrezia Borgia vor Neid erblaßt wäre. Drin klebenbleiben sollen die Frauen. Die merken als einzige, daß die Kaiser gar keine Kleider anhaben.

Das Schweigen der Männer

Man sieht es schon an kleinen Jungs: Entgegen der herrschenden Lehrmeinung, daß Kleinkinder etwa ab zweieinhalb Jahren in der Lage sein sollten, ganze Sätze zu bilden, sitzen die Jungs mit vier immer noch da, stumm lächelnd wie kleine Buddhas und von Zeit zu Zeit ein »Nga, nga« nuschelnd, das sich nur in Momenten allerhöchster Bedrängnis zu einem »Nganganga« steigert: Etwa, wenn gleichaltrige Nachbarstöchterchen sie heimlich kneifen und dabei kristallklar »Jetzt artikulier dich doch endlich mal, du Blödmann« zischen.

Im Grunde ist damit ihr späteres Leben vorgezeichnet. Wenn Männer Sätze wie »Hab' da schon andere Sachen erlebt« oder »Warst du beim Friseur?« herausbringen, können sie als weitschweifig gelten. Der Rest ist Schweigen. Stumm verrichten sie ihr Tagwerk, schweigsam blicken sie in ihre Bierdosen, wortlos pflanzen sie sich fort. Er ist ihnen angeboren, dieser kleine Makel, ein Sprachzentrum von der Größe einer Kichererbse, nicht weiter schlimm.

Dies alles wäre eine weitergehende Erörterung nicht wert, wenn sie nicht irgendwann den Fehler begangen hätten, eben diesen Defekt ebenso sinnlos wie hartnäckig zu leugnen. Mit vorwurfsvoller Miene versuchen sie, den Frauen die Schuld in die Schuhe zu schieben. »Wir kommen neben euch nicht zu Wort«, heißt es. Und nicht nur das, mit der Dreistigkeit eines Einbeinigen, der behauptet, in unbeobachteten Augenblicken Pirouetten springen zu können, beharren sie darauf, immer dann ganz besonders lange und tiefsinnige Gespräche zu führen, wenn sie unter Männern seien. Mit diesem Käse muß endlich Schluß sein. Männer wissen nicht, worüber sie reden sollen. Nicht mal mit sich selbst.

In ihrer Bedrängnis versuchen viele Männer, sich ihre Maulfaulheit schönzureden. Schon der Apostel Matthäus glaubte, aus der Not eine Tugend machen zu können, und verhieß: »Eure Rede aber sei: Ja, ja; nein, nein. Was darüber ist, das ist vom Übel.« (Matthäus 5,37). Damit bereitete er den Boden für die Schweiger, die Brummer und all die anderen toten Käfer, die ihre angeborene Einsilbigkeit mit Prinzipientreue und intellektuellem Tiefgang tarnen. Dabei ist die Annahme, daß man sich mit Verstummen interessant machen könnte, ebenso irrig wie der Glaube, daß Hängehintern sexy seien. Das Schweigen der Männer ist nie vielsagend und erst recht nicht beredt. Nicht mal ein Lothar Matthäus kriegt noch Sätze wie »Das Schöne an Männerfreundschaften ist, daß man miteinander schweigen kann« raus, ohne rot zu werden. Sollen sie wohl miteinander schweigen, wenn sie sich nix zu erzählen haben.

Die Frauen, große Pädagoginnen und von Urzeiten an mit einem unerschütterlichen Optimismus geschlagen, verbrachten eine Zeitlang vergeblich damit, aus ihren Männern etwas herauszukriegen. Sie lächelten aufmunternd und stellten Fragen wie: »Woran denkst du, mein Schatz?« Das ist zwar etwa so, als würde man einen Pudel nach der Psychoanalyse fragen, aber was tut man nicht alles aus Liebe. Unverdrossen versuchen Frauen, den Alltag ihrer Männer zu erkunden (»Wie war's heute?« – »Das Übliche.«) oder sie zur Meinungsbildung anzuregen (»Wie findest du die neue Kinderfrau?« – »Ganz nett.«). Als die Zeiten härter wurden, die beruflichen Anforderungen stiegen und Opfer nötig machten, konnten die Frauen es sich jedoch nicht mehr leisten, die Zeit damit zu vertun, eine leere Schachtel zum Klappern zu bringen.

Um im Zeitalter der Massenkommunikation nicht völlig blöde dazustehen und mit einem Beistelltisch verwechselt zu werden, erfanden die schweigenden Männer Kommunikationsplacebos. Sie ermöglichten ihnen, stundenlang zu reden, ohne etwas zu sagen: Fußball, Autos, Computer, Abenteuerurlaube. Ganze Industrien leben davon. Mit diesen Themen können Männer zwei, drei Stunden spielend über die Runden kommen. Unbelastet von des Gedankens Schwere wird gefaselt über Schlittenhundrennen und die Vorteile der Rufumleitung beim Mobilfunk, es wird von der letzten Biwak-Tour durch Grönland und den Tottenham-Hotspurs geschwärmt und mit dem neuen Fiat Barchetta geprahlt. Ganz auf sich gestellt, hoffen manche Männer auch, ihre Sprachstörung durch Kampftrinken zu überwinden. Sie betrinken sich bis zur Besinnungslosigkeit, um schließlich, wenn vier, fünf verdruckste Stunden abgesessen sind, dem Wirt ein »Sss'heutabendnichtsovill'loss« hinzulallen. Und wenn nicht endlich eine Frau am Horizont auftauchte, deren Erscheinung der Unterhaltung rethorische Glanzlichter wie »schöne Tittn'« oder »guck'malderArsch« aufsetzt, dann müssen die Männer auf vertraute Versatzstücke zurückgreifen.

»Weißte noch, damals, das Bob-Dylan-Konzert?« sagt der eine, und das ist das Signal für den Einsatz des anderen, dankbar mit »Mensch, was ham' wir da gekifft« zu antworten. Das sind Sätze, die sich in zwanzig Jahren Männerfreundschaft bewährt haben. Danach wird wieder geschwiegen.

Doch heute stört das die Frauen nicht mehr, ja, irgendwie haben sie sich an ihre schweigenden Männer gewöhnt, viele schätzen sogar deren Wortlosigkeit: »Mein Mann? Der hat noch nie was gesagt«, sagt eine Frau zur anderen, »und wenn er was gesagt hat, dann hat es mich nicht interessiert.«

Geschenkt!

Schenken stellt den Härtetest einer jeden Beziehung dar. Das ist allerdings nur den wenigsten Männern bewußt. Ein Geschenk ist nicht einfach ein Geschenk, sondern ein Fallstrick, der Anfang vom Ende, ein Erpressungsversuch, ein Psychogramm, eine Liebeserklärung, ein Vertrautheitsbarometer.

Frauen wissen das. Deshalb studieren sie ihren Auserwählten wie eine rare Käfersorte. Ein Mann, der am Weihnachtsmorgen seinen Blick auf einem Dolce-und-Gabbana-Mantel im Schaufenster ruhen läßt, kann sicher sein, daß sie, obwohl die Messingtöpfe und die Montblanc-Füller schon in handgeschöpftem Japan-Papier verpackt sind, noch in die überfüllte Innenstadt braust, beim Einparken einen Mercedes rammt und den letzten Trench aus den Händen einer Konkurrentin reißt. Am Weihnachtsabend zerrt er dann das Dolce-und-Gabbana-Wunder aus dem Japan-Papier und sagt: »Nein, woher wußtest du ...?« Und sie sitzt da und lächelt ihn nachsichtig an. So können Frauen sein!

Männer sind da anders. Daß der Mann gibt und die Frau nimmt, ist ein unausrottbares Vorurteil, das sich ebenso hartnäckig hält wie die Überzeugung, daß man von Schokolade Pickel kriegt. Jede Frau kennt die wunderbaren Geschichten von wunderbaren Männern, die aussehen wie Robert Redford, bevor er sich in eine Schildkröte verwandelte. Diese wunderbaren Männer ziehen im geeigneten Augenblick aus der Jackentasche eine kleine Schatulle, lassen sie vor den Augen der neidischen Tischnachbarin aufschnappen – und der Diamant, der unvergängliche, blinkt einem entgegen. Leider ist das Kino. Zumindest Vorfilm.

Die Realität sieht anders aus. Seitdem sich die Männer in heiklen Fragen wie Tür-Aufhalten, Im-Restaurant-Zahlen und Müll-Runtertragen zu Vorreitern der Emanzipation mauserten, haben sie herausgefunden, daß Geschenke Frauen zu Objekten degradieren. »Nur Zuhälter schenken ihrer Frau eine Cartier-Uhr. Ich will dich doch nicht kaufen.« In solchen Augenblicken entdecken viele Männer auch ihre gesellschaftskritische Seite und dozieren darüber, wie klein doch der Schritt vom Beschenkt-werden zur Prostitution sei. Solche Männer schenken keine Cartier-Uhren, sondern Bücher. Bücher, die man schon immer mal lesen wollte. Bücher über den Witz und seine Beziehung zum Unbewußten. Bücher über die japanische Küche und französische Gegenwartsphilosophie. Bücher über englische Gartenbauarchitektur und Handgewebtes aus dem Aosta-Tal.

Sucht ein Mann nach einem Geschenk, das etwas hermacht, dann kauft er Parfüm. Deshalb ist der Duty-free-Shop für viele Männer ein zentraler Ort der Geschenkkultur. Zwei Minuten vor Abflug rennen sie in die Arme einer mütterlich wirkenden Verkäuferin, die mit deutschem Akzent französische Parfüms amerikanisch ausspricht und zu etwas Blumigem rät.

Wenn Männer frivol sein wollen, und das kommt auch bei deutschen Männern vor, dann kaufen sie Mieder mit Strapsen. Zu Weihnachten erleben die Dessous-Abteilungen der Kaufhäuser Invasionen von männlichen Käufern, die miteinander jovial fachsimpeln, ob Körbchengröße »B« nun wirklich »birnenförmig« heißt oder nicht. Mit selbstzufrieden-hinterhältigem Blick schleppen sie die Tüten nach Hause: »Wenn sie unbedingt ein Geschenk will – also bitte.«

Wollen Männer zeigen, daß sie die komplizierte Psyche von Frauen verstehen, dann schenken sie Knuddeltiere. Männer, die ihre Liebe in Teddybären von der Größe eines Deutschen Schäferhundes auszudrücken versuchen, sind im Kindergarten besser aufgehoben – da weiß man die Teddys zu schätzen.

Das Allerschlimmste aber ist die Frage: »Was soll ich dir nur schenken?« Da gibt es nur eine Antwort: Geschenkt. Einen Dummbeutel, der so eine Frage über die Lippen bringt, muß man sofort erwürgen.

Frauen wollen keine Strapse und keine Bücher. Frauen lieben Telegramme von der Länge einer Kurzgeschichte, Graffiti auf der Haustür, einen Flug in der Concorde, Smaragdringe und den einzigen pinkfarbigen Motorradhelm, den man im norddeutschen Raum auftreiben kann.

Und vor allem lieben es Frauen, wenn Männer sich für sie ruinieren. Wenn sie ein Monatsgehalt für einen winzigen Samthut ausgeben. Und wer jetzt mit dem moralinsauren »Muß-man-Gefühle-denn-immer-mit-Geld-aufrechnen« kommt, dem sei gesagt: Nicht immer. Nur manchmal. Sicher kann man Frauen auch einen Gutschein für fünfmal wöchentlich Müll-Runtertragen schenken. Das sind die Sozialpädagogen unter den Schenkern. Sie haben ihren Müttern zum Muttertag auch das Versprechen geschenkt, »immer lieb zu sein«, und glauben, daß das heute noch zieht. Anders als

Mütter erwarten Geliebte ohnehin, daß Männer »immer lieb« sind.

Den Knickern unter den Schenkern sei gesagt, daß es noch ein, zwei Männer auf der Welt gibt, die es tatsächlich lieben, sich für eine Frau zu ruinieren. Wenigstens einmal im Leben. Damit sie später mit glänzenden Augen ihren Enkelkindern erzählen können: »Und als ich mein ganzes Geld für ihre Jugendstiluhr ausgegeben hatte, zuckte sie mit den Achseln und verließ mich.« Das hat eben Stil. Solchen Frauen trauern manche Männer ihr ganzes Leben lang nach.

Wenn man sich nichts schenkt, verpaßt man wesentliche Dinge. Nicht zuletzt bringt man sich um das wichtigste Utensil der letzten Trennungsschlacht. »Hier hast du deine Scheiß-Armbanduhr wieder, du Geizkragen!« kann sie brüllen, ihm das Teil an den Kopf werfen und das widerwärtige Blumige ins Klo schütten.

Füllen sich ihre Augen aber mit Tränen, sobald sie nur den pinkfarbenen Motorradhelm sieht, und schnürt es ihm den Hals zu, wenn er den Dolce-und-Gabbana-Mantel nur anfaßt – dann, ja, dann handelt es sich um Liebe.

Modem-Mätzchen auf Mäckisch

Warum sind immer nur Männer Computerfreaks? Weil es sich keine Frau ernsthaft leisten kann, ihre Nachmittage damit zu verlieren, am Bildschirm ein Pferd in verschiedenen pinkfarbenen Schattierungen so zu zeichnen, daß es aussieht wie mit Wachsmalkreide gemalt. Oder Tage damit zu verbringen, vergeblich ein Flugticket per Computer zu bestellen, wenn man die Angelegenheit doch innerhalb von maximal zwei Minuten per Telefon lösen kann. Oder zu versuchen, die Gasrechnung per E-Mail an die Bankfiliale zu schicken, wenn man sie doch auch einfach in ein Kuvert stecken kann. Einen Mann auf den Information-Highway loszulassen, das ist, als würde man einen Pekinesen an einem Autobahn-Parkplatz aussetzen. Man denke nur an den rudimentär ausgeprägten männlichen Orientierungssinn.

Was steckt also hinter der männlichen Computerphilie? Frühkindliche Deformation – zugefügt durch hartherzige berufstätige Mütter mit Damenbart? Radioaktivität im Rucolasalat? Spieltrieb?

Um zu wissen, was sich hinter dem Computerwahn verbirgt, muß man sich nur einmal einen Mann wie Bill Gates angucken, der sich mit Sicherheit ausschließlich von Bananen-Milchshakes und Hamburgern ernährt hat, seitdem er seinen ersten Milchzahn fühlte: Picklige weiße-Socken-in-Sandalen-Träger, die sich endlich einmal im Leben so richtig wichtig machen können. Typen, die man schon in der Schule nicht leiden konnte, weil sie immer etwas sauer rochen, nie auf dem Klo rauchten und kein einziges Mal bei der Infinitesimalrechnung abschreiben ließen.

Natürlich geht jede anständige Frau solchen Grottenolmen aus dem Weg. Nur manchmal läßt sich ein Kontakt nicht vermeiden. Etwa, wenn man erwägt, sich endlich von dem lahmen F&A-Programm zu trennen. Dann kann es passieren, daß man einen Fuß in einen dieser gräßlichen Super-Sowieso-Stores setzen muß. Das allein ist schon eine ästhetische Zumutung, denn diese Schuppen stehen immer in schauerlichen Industrievierteln und sind mit typischen Computer-Lurchen bevölkert – fettige Haare, Sportschuhe, Windjacke. Suspekt: Kriegt man vom Tetris-Spielen fettige Haare? Wachsen einem Windjacken, wenn man WordPerfect benutzt?

Oder warum hat man noch nie einen Mann gesehen, der sich mit Computern beschäftigt und trotzdem nicht aussieht wie eine Kreuzung aus Skatbruder und Heimwerker, sondern anständige Armani-Anzüge trägt? Viele Fragen, keine Antworten.

Man kann dann auch noch den Fehler begehen, sich eines der schwachsinnigen Computerhefte zu kaufen, in denen jedes Modem-Mätzchen auf Mäckisch erklärt wird. Da muß man erst 300 Seiten überschlagen, auf denen sinniert wird, ob IBM nun Macintosh schluckt oder nicht (eine Diskussion, die etwa so fesselt wie Enthüllungen über Rudolf Scharpings Sexualleben: Wen juckt das außer Bill Gates?). Außerdem beleidigen Sätze wie »Mac-Streamer fallen jedoch der erweiterten Next-SCSI-Technologie zum Opfer, und auch das Diskettenlaufwerk benötigt HD-Disketten, alte DDs finden keine Verwendung, und an der Nutzung von EDs arbeitet Quix zur Zeit«. Einer, der so etwas schreibt, hat seinen Geist beim Schiffe-Versenken, pardon, SuperTetris verpuffen lassen. Wie anders läßt es sich erklären, daß erwachsene, scheinbar gesunde Männer Worte wie »Maustreiber« erfinden (Werkzeug eines Kammerjägers?) oder Druckertreiber (gefürchteter Vorarbeiter in Tiefdruckereien?)?

Natürlich steht auf den 500 Seiten außerdem noch alles über intelligente Steckdosen, Standalone-Treiber auf Drehkippfüßen und automatische Plotschneider mit zwei Handshakeleitungen. Aber nirgends steht auch nur eine Silbe darüber, warum man nicht mehr leben können soll, wenn man sein Powerbook mit Farbmonitor nicht andocken kann. Und warum heißt es eigentlich nicht mehr Laptop, auch nicht Notebook, sondern Powerbook?

Männer wissen natürlich auf so etwas keine Antwort. Statt dessen geben sie Ratschläge wie »Ohne Aktiv-Matrix macht es dich echt fertig« mit auf den Weg und machen sich mit Internet-Nummern und System-Synapsen wichtig. Aber letztendlich ist das alles so wie früher, als sie über die Vergaserzirbeldüse dozierten, aber nicht mal wußten, wie man einen Fahrradreifen bei einem Hollandrad repariert.

Und wenn sie sich so ganz in eine intersynaptische Ecke gedrängt fühlen, dann versuchen sie's philosophisch: Männer hätten das »Große und Ganze im Sinn«, aber Frauen sähen immer »nur die Benutzeroberfläche vor sich«, jammern sie – was eine etwas so geistvolle Beobachtung ist wie die Feststellung, daß Frauen ja immer darauf aus seien, ein Auto zum Fahren zu benutzen oder einen Stuhl zum Sitzen. Oder was soll man sonst mit einem Computer machen, wenn nicht ihn einfach benutzen? Zur Fellatio taugt er leider nur bedingt.

Die Not mit der Lüge

Keine Ausrede kann so platt sein, daß sie nicht irgendwann einem Mann einfallen würde. Daß das männliche Gemüt meist von einer ergreifenden Schlichtheit ist, ist bekannt und zeigt sich schon im Vorschulalter. Wo die Jungs sich noch mit Klötzchen abmühen, inszenieren die Mädchen schon mit ihren Barbies und Kens Seifenopern, gegen die *Twin Peaks* wie die Aufführung einer Laienspielschar wirkt. Tragisch ist nur, daß sich an der Einfallslosigkeit der Männer in der Regel bis zum Erwachsenenalter nichts ändert. Und wir Frauen sind die Leidtragenden.

Da faselt einer was vom »Männerabend in Schumann's Bar«, wenn er mit zerzausten Haaren und zerknautschtem Jackett heimkommt und so penetrant nach »Eternity« stinkt, als hätte er damit gegurgelt. Da wird so oft was von Überstunden und von Weiterbildungsseminaren in der Heide gestöhnt, daß man glauben könnte, der Mann wird morgen zum Generaldirektor berufen. Da brechen Telefonanlagen regelmäßig zusammen, als befänden wir uns noch zu Zeiten von Graham Bell, und auf die Verkehrsmittel ist sowieso kein Verlaß: Flüge fallen in einer epidemischen Häufigkeit aus, daß man sich wundert, warum die Lufthansa noch nicht endgültig Konkurs gemacht hat. Fahrten mit dem ansonsten soliden Saab mutieren zu Himmelfahrtskommandos, wo nach 150 Kilometern von der gemufften Nackenrolle bis zur verklappten Zirbeldüse alles zu Bruch geht, was die Werkstatt gerade nicht auf Lager hat und in Schweden spezialgefertigt werden muß. Und die Bahn geht nie. Heimtückische Lokführer stellen hinterlistig die Kurswagen in Sackbahnhöfen ab.

Daß hinter jeder Ausrede (obwohl dieses phantasielose Geschwätz nicht mal diese Bezeichnung verdient) eine andere Frau steht, ist sekundär. Man kann Seitensprünge verzeihen. Man kann Lügen verzeihen. Aber nicht diese klägliche Phantasielosigkeit. Die ist beleidigend.

Männer und Ausreden: ein Jammertal. Die Japaner haben diese Lücke natürlich schon längst erkannt und überschwemmen den Markt mit Hintergrundgeräusch-CDs in deutscher Sprache: »Letzter Aufruf für den Lufthansa-Flug LH 349 nach New York, Gate 4« oder »Auf Gleis vier fährt ein der verspätete ICE Richard Wagner«. Zwar ohne japanischen Akzent, dennoch nicht sehr originell. Aber der Japaner hat sich auch noch nie durch besonderen Einfallsreichtum hervorgetan. Und wenn japanische Männer deutschen Männern Ausreden liefern sollen, na ja. Man kann nur hoffen, daß der CD auch eine Gebrauchsanweisung beiliegt: »Beseitigen Sie alle störenden Nebengeräusche (halten Sie Ihrer Geliebten den Mund zu), und versuchen Sie immer, mit fester Stimme zu sprechen.«

Manch einer versucht sich selbst als Tontechniker. Setzt sich mit dem Telefon ins Badezimmer, läßt Wasser in die Badewanne laufen und behauptet, er wäre gerade auf einem Atlantikdampfer (weil der Flug New York-Frankfurt gestrichen wurde). Männer, die glauben, Frauen könnten nicht zwischen Ozeanrauschen und Badewannengeplätscher unterscheiden, gehören entmündigt.

Und genauso gehören Männer geohrfeigt, die glauben, daß eine vernünftige Ausrede lediglich die Summe aller unwahrscheinlichen Begebenheiten sei. »Ich bin nach der Konferenz bei meinem Chef im Sessel eingeschlafen und erst jetzt aufgewacht«, sagen sie, wenn sie um sechs Uhr morgens mit einem Knutschfleck nach Hause kommen. Oder: »Die Computeranlage im Hotel war ausgefallen«, wenn der Empfangschef beim besten Willen keinen Herrn Schneider in seiner Gästeliste finden kann, der schon vor zwei Tagen in seinem Etablissement eingetroffen sein sollte.

Was die ganze Sache noch unbefriedigender macht, ist, daß der Mann die Finessen einer guten weiblichen Ausrede nicht zu schätzen weiß. Perlen vor die Säue. Es bedarf keinerlei intellektueller Anstrengung, einen Einfaltspinsel zu betrügen.

Für die Zukunft meine Herren: Zu einer vernünftigen Ausrede bedarf es eines Mindestmaßes an Kreativität. Die Details müssen sitzen, die Dramaturgie auch, ein Spannungsbogen ist unverzichtbar. Schmeißen Sie Ihren Steuerberater und die Memoiren von Ex-Wirtschaftsminister Haussmann in die Ecke und lesen Sie etwas Vernünftiges! Balzac, Tolstoi und überhaupt die ganze Weltliteratur. Holen Sie nach, was Sie in Ihrer Kindheit verpaßt haben, sonst glauben wir Ihnen nie!

Auch gewisse schauspielerische Fähigkeiten sind erlernbar. Die Mimik muß stimmen! Schauen Sie Ihrem Gegenüber ins Gesicht und nicht an die Decke, wenn Sie einigermaßen glaubwürdig wirken wollen: Scharren Sie nicht mit den Füßen herum wie ein Huhn. Bemühen Sie sich um eine saubere Aussprache, und fangen Sie nicht gleich an zu sabbern und zu nuscheln, wenn es ums Lügen geht! Autogenes Training soll beim Hang zum Erröten Wunder wirken.

Also: Wenn schon, dann bitte mit Stil!

Der fliegende Mann

Es gibt zu Recht nur noch wenige Orte auf der Welt, wo sich Männer so benehmen können, wie Gott sie schuf. Dazu gehören Herrentoiletten, Fußballstadien, CSU-Parteitage und die Sieben-Uhr-Dreißig-Maschine. Den Herrentoiletten, Fußballstadien und den CSU-Parteitagen kann man ausweichen. Der Sieben-Uhr-Dreißig-Maschine leider nicht.

Alle Männer in Sieben-Uhr-Dreißig-Maschinen reduzieren sich auf das Instinktverhalten einer *Drosophila melanogaster* (die gemeine Fruchtfliege): Die Aussicht, als erster die Zeitungen auf den Mittelsitz platschen lassen zu können, läßt sie taumeln wie von Essiggeruch berauschte, eben erwähnte Fruchtfliegen, das Geräusch rollender Koffer auf dem Noppenbelag des Flughafenbodens löst bei ihnen den gleichen Mechanismus aus wie das Klingelzeichen bei den Pawlowschen Hunden: »Ich will einen Gangplatz«, hecheln sie, »und lassen Sie den Platz in der Mitte frei.«

Was der Regenwald für den Gorilla, ist das Flugzeug für den Mann. Alles, was ihm Mütter, Ehefrauen oder Freundinnen in jahrelanger nervenaufreibender Kleinarbeit beigebracht haben (Naseputzen, Frauen-aus-dem-Mantel-Helfen, essen, ohne zu schmatzen) – Reste an Vernunft legt er spätestens im Taxi auf dem Weg zum Terminal ab.

Schon vor dem Einchecken trommelt er sich auf seine Burberry-Brust und brüllt: »Ich sitze 1 C und sonst nirgends.« Denn die für Männer dramatischste Fehlentscheidung in der Geschichte der Luftfahrt war die, die First class auf innereuropäischen Flügen abzuschaffen. Der rote Boarding-Paß brachte Ordnung ins männliche Universum. Ohne ihn herrscht Krieg. In Zeiten, wo jeder Sonnenstudiobetreiber eine Senatorcard besitzt, bleibt dem Mann nur noch der Kampf um Platz 1 A oder 1 C. Diese Sitze begehrt er nicht wegen der Beinfreiheit (nur die wenigsten Männerbeine sind lang genug, um eben diese Freiheit zu nutzen), sondern damit er *der erste* ist. Der erste, der in seinem Revier die Duftmarken setzen kann: im Gang die nachdrängelnden Rivalen blockieren, mit seinem Kleidersack das Mantelfach vollstopfen, die Zeitschriftenablage ausräumen und einen mitleidigen Blick auf den Kollegen vom Tegernseer Golfclub werfen, dessen Firma schon wieder (hähä) Holzklasse gebucht hat.

Es gibt Männer, die verlieren bei 4 B augenblicklich den Verstand. Mit glasigen Augen und neurotisch zuckendem Mundwinkel sitzen sie in der Lounge und murmeln gebetsmühlenartig ihr Mantra: »Ich hab ein Okay für 1 C«, bis sie schließlich von der Flughafenleitung entsorgt werden.

Vor dem Gate überfällt den Mann der Jäger- und Sammlertrieb: Auch wenn er Air France, Swiss Air oder sonst was fliegt, schleicht er sich heimlich an den Picknickkorb der Lufthansa und bereitet sich mit fünfzig Schokoladenriegeln und den sieben letzten Camembert-Brötchen auf eine etwaige Hungersnot an Bord vor. Kein Wunder, daß die Lufthansa ihre Picknickkörbe aus dem Programm gestrichen hat. Hat das Flugzeug endlich abgehoben, widmet sich der Mann seiner Lektüre. Meist einschlägige Publikationen mit dem Informationswert eines Pixi-Bilderbuchs: *Focus*, die *Bild*-Zeitung, *Bunte*. Manche versuchen, mit der Lektüre der *Financial Times* zu imponieren. Da kann das Lesen (von Verstehen kann keine Rede sein) eines Fünfzeilers schon mal die gesamte Flugdauer von München nach Hamburg ausfüllen. Aber wichtiger als der Inhalt ist immer noch die Form. Wichtig ist,

daß die ausgebreitete Zeitung so viel Platz ein-
nimmt, daß der Mann den rechten oder linken
Arm auf die Lehne aufstützen kann, die er sich mit
seinem Sitzrivalen teilen muß. FAZ-Leser sind da
eindeutig im Vorteil. Da das Armlehnen-Territo-
rium nicht eindeutig definiert ist, gilt hier wie im
Leben das Recht der stärkeren Ellenbogenmusku-
latur. Profis und Vielflieger kicken den Gegner
beim Umblättern weg.

Frauen nimmt der fliegende Mann nur wahr,
wenn sie ihn mit Tomatensaft (»Mit Pfeffer und
Salz?«) und natriumarmen Wässern umschwirren
oder über eine ungeahnt durchtrainierte Armmus-
kulatur verfügen. Sharon Stone könnte in seiner
Reihe sitzen und sich das Strumpfband richten.
Aber das einzige, was ihm bei ihrem Anblick einfallen wird, ist zu krähen: »Sie haben sich im Platz
geirrt, das ist meiner, ich hab 1 A, ichichich.« Der
Mann, dessen ganze Aufmerksamkeit in einem
Pfirsich-Maracuja-Joghurt versinkt, den er so be-
sessen ausschabt, als verberge sich auf dem Plastik-
grund ein goldener Ring, kann sich nicht damit
aufhalten, Frauen dabei zu helfen, den Zwanzig-
Kilogramm-Koffer in die Ablage zu stemmen.

Koedukation hat sich erwiesenermaßen schon
beim Mathematikunterricht nicht bewährt. Was
dem Mathe-Unterricht recht ist, soll dem Fliegen

billig sein: Männer in die Männerecke! Oder: Neunzig Prozent Frauenrabatt auf gemischte Flüge! Und: getrennte Einstiege! Und: Doppelarmlehnen für alle! Und: Stewards statt Stewardessen! Irgendwie muß sich das Problem doch lösen lassen.

Live mit Krötencharme

Es war eine der zahllosen Gottschalk-Late-Night-Shows, die man zu Recht sofort vergessen hätte, wenn nicht zwischen zwei Gästen, nämlich der italienisch-vollbusigen Alba Parietti und dem deutsch-hühnerbrüstigen TV-Gesicht Günther Jauch folgender Dialog stattgefunden hätte: »Was«, fragte der kleine Jauch, »hat Sie eigentlich für Ihre Moderation der Fußballweltmeisterschaft qualifiziert?« Dabei schaute er der Dame auf den Busen und kam sich keck vor, unser Kleiner. Dann grinste er sein »Ich-weiß-was-Herr-Lehrer«-Grinsen ins Publikum, und in seinen Äuglein blinkte: Hohoho! War das nicht mutig? War das nicht investigativ? Die Antwort der Italienerin ließ etwas auf sich warten, was daran lag, daß sich die Dolmetscherin geweigert hatte, diese Schwachsinns-Frage zu übersetzen. Dann antwortete Alba Parietti kühl: »Ich weiß nicht, was Sie für Ihre Arbeit qualifiziert hat, Ihre Beine können es nicht gewesen sein.«

Und genau das ist das Problem. Wer hat den Irrglauben zu verantworten, demzufolge Männer nicht schön sein müßten? Wer hat den Männern eingeredet, daß es reicht, sich die Haare ausfallen zu lassen und dazu ein bedeutsames Gesicht zu machen? Martin Luther, Schopenhauer, der Papst oder Herbert Feuerstein? Und wie konnte es passieren, daß spätpubertierende Chauvi-Kröten wie Günther Jauch, blondierte Ex-Ministranten wie Gottschalk, Bassetgesichter wie Wickert, Wesen aus der Gattung der Lippenlosen wie Küppersbusch ins Fernsehen kommen? Und deren Esprit auch nicht ausreicht, darüber hinwegzutrösten, daß sie die erotische Ausstrahlung eines Plastikkleiderbügels haben? Schließlich weiß doch jedes Kind, daß es völlig egal ist, *was* man im Fernsehen von sich gibt. Es kommt nur auf das *Wie* an.

Al Pacino könnte den Busfahrplan von Lemgo vorlesen, und *Pulp Fiction* wäre dagegen eine Bibelstunde. Der Durchschnittsmann hat jedoch die Sache mit dem *Wie* wieder mal falsch mitgekriegt: Manche glauben, es reiche völlig aus, mit gelb-grün gepunkteten Krawatten Charakter zu beweisen. Thomas Gottschalk versucht mit engen Westchen in Petrol aus seiner Durchschnittlichkeit auszubrechen und vertraut immer noch auf die heilbringende Kraft von Cowboystiefeln. Ulrich Deppendorf setzt auf eine Standardschur, um die ihn jeder frisch getrimmte Königspudel beneiden würde. Thomas-Who?-Koschwitz lächelt mit seinen Rosinenaugen ein Lächeln, das jeden Stutenkerl in den Wahnsinn treiben würde. Und unübertroffener Renner ist immer noch das typisch deutsche Denker-Dackel-falten-Gesicht: »Hinter dieser Stirn, meine Damen und Herren, wird gedacht, daß es nur so kracht!« Meister aller Klassen ist da natürlich Wetter-Wickert. Stecknadelgroß (Nimmt der Kerl was ein? Spanische Fliege oder so?) sind seine Pupillen, wenn er den Zuschauern mit Kalenderblatt-Senten-zen wie »Morgen können Sie die Bekanntschaft mit Ihrem Regenschirm erneuern, denn so will es das Wetter« in den Schwitzkasten nimmt. Das macht ihm so schnell keiner nach, weshalb seine Eitelkeit auch auf der nach oben offenen Wickert-Skala 6 Punkte erreicht. Dicht gefolgt vom Einspruch-Meyer, 5,6 Punkte, von dem man munkelt, daß er seine Gäste mit Haarspray betäubt, und Küppers-busch, 5,5 Punkte, der mit seiner Stirn gegenüber Wickert im Vorteil ist, weil sie an der Nasenwurzel beginnt und bis zum Hemdkragen reicht. Das er-laubt ihm, weiblichen Gästen in der Sendung auch mal mit herzensbrechendem Al-Bundy-Charme »Jetzt machen Sie sich doch nicht dööfer, als Sie sind!« anzublaffen. So was macht Eindruck.

In allen Büros sitzen Männer, bei deren Anblick jeder Spiegel erblinden würde, aber sie glauben, daß sich das gewisse Etwas einstellt, sobald sie ihre Stirn plissieren. Und wenn auch das nicht funktioniert, dann versuchen sie über den Unterbauch zu atmen und murmeln so lange »Und nun weitere Nachrichten mit Ellen Arnold«, bis sie sich für eine Kreuzung aus Johnny Depp und Willy Brandt halten. Ach. Nur bei den Frauen klappt der Trick nicht. Die können noch so lange über den Unterbauch atmen, und Günther Jauch sieht immer noch aus wie Günther Jauch. Und die Martins dieser Welt kann man küssen, wie man will, es kommt doch immer nur ein Drei-Tage-Gesicht raus, das aussieht wie ein schlecht epiliertes Frauenbein. »Ich seh' einfach Scheiße aus«, jammern die Männer zu Hause. Und ihre Freundinnen (nicht jede kann einen Johnny Depp abkriegen, so ist eben das Leben) bauen sie auf: »Versuch's mal mit einer grün-gelb gepunkteten Krawatte«, gurren sie, oder: »Atme über den Unterbauch und versuch, bedeutsam zu gucken.« Manche Frauen bringen ihren Männern Cowboystiefel mit extrahohen Absätzen mit. Oft nützt selbst das nur wenig. Es ist wirklich nicht einfach, etwas aus ihm zu machen.

Geliebtes Zuckertierchen ...

Männer können nicht schreiben, so geht's doch schon mal los. Der gemeine Feld-, Wald- und Wiesenmann läßt Faxe von seiner Sekretärin schreiben und unter die von seiner Frau geschriebenen Urlaubspostkarten kritzelt er drei Kreuze. Das ist im Grunde kein großer Verlust, und eigentlich könnte er sein mickriges Schreibtalent auch weiterhin unbemerkt und folgenlos verdörren lassen, wenn nicht regelmäßig im Leben eines Mannes die Hormone drücken würden und ihn das Bedürfnis verspüren ließen, einen Liebesbrief schreiben zu müssen. Dagegen ist keiner gefeit, so etwas kann noch bis ins hohe Alter vorkommen. Aber eins muß klar sein: Sätze wie »Marmor, Stein und Eisen bricht, aber unsere Liebe nicht«, darf man nur schreiben, wenn man nicht älter ist als sechs.

Schon mit der Anrede kann sich einer endgültig ins Aus katapultieren: »Mein Schatz/Goldschatz/ Liebling/Chérie/Honey/Darling/Liebes/Schnuckelchen/Häschen« schreibt er, denn etwas anderes als die Konfektionsware haben die meisten Männer nicht im Angebot. Dabei sagt man »Darling« nur, wenn man »Ein Bayer auf Rügen« ist, »Honey« ist selbst Barbara Cartland zu blöd, und »Chérie« ist nur dem erlaubt, der auch *Un chasseur qui sait chasser sait chasser sans son chien* dreimal hintereinander ohne zu stottern herauskriegt. Georg Christoph Lichtenberg sprach seine Frau Margarethe mit »Wohlgeborene, insonders Hochzuehrende, liebe Hexe« und »liebe Bett-Schwester« an. Das hat was! Aber Männer lesen nicht Lichtenberg, sondern Lebenshilfe-Ratgeber. Bücher wie »Tausend legale Steuertricks« oder »Selbst ist der Mann« oder »Nie wieder Einschlafprobleme!«. Männer lesen auch furchtlose Enthüllungen wie »Der Ehrliche ist der Dumme« oder »Das Kartell der Kassierer«. Aber dann hört's schon wieder auf, und man muß sich ja wirklich nicht wundern, daß da nichts herauskommt, so rein schreiberisch gesehen.

Wenn Männer also richtig in sich wühlen, kann nur das Schlimmste befürchtet werden. Dann dringen Sätze von erhabener Banalität ans Licht. Sätze wie »Ich denk an Dich und wäre gern bei Dir«. Oder: »Die Zeit ohne Dich war doch sehr einsam.« Oder: »Ich hab Dich auch in der Ferne lieb.« Oder – doitsche Sprach, schwäre Sprach – »Ich möchte

Dich umfassen und umringen.« NEIIIIN! Aus. Auch wenn es sich um einen Mann handelt, der ansonsten über alle handelsüblichen Reize verfügt (Knackhintern, unbehaarte Nasenlöcher, goldene American-Express-Karte), rollen sich bei solchen Sätzen jeder Frau die Fußnägel hoch.

Andere Liebestrunkene wiederum schildern ohne Erbarmen jedes Detail ihres bedeutungslosen Alltags: »Heute abend wird die Arbeitsgruppe ›Erschließung neuer Märkte‹ wieder bis in die Nacht dauern. Ich glaube nicht, daß man mit dem neuen Abteilungsleiter eine gute Wahl getroffen hat.« Solche Schlaftabletten muß man sofort zum Schweigen bringen!

Nun kann man einwenden, daß selbst Goethe Charlotte von Stein nicht mit seinem Alltagsklimbim verschonte: »Morgen hab' ich die Auslesung, dann will ich mich in das neue Schloß sperren und einige Tage an meinen Figuren bosseln. Am Fünften treff ich in Apolda ein …« Und Charlotte wird gedacht haben: Herrgott, was geht mich der Scheiß an? Ja, ja, der Dichterfürst. Auch nur ein Mann. Immerhin reißen ihn Sätze wieder raus wie »Deine Liebe ist mir wie der Morgen- und Abendstern. Er geht nach der Sonne unter und vor der Sonne wieder auf.« Oder: »Lebe wohl, Du süßer Traum meines Lebens. Du Schlaftrunk meiner Leiden.«

Unerträglich sind die Krittler, Nörgler und Jammerlappen unter den Liebesbriefschreibern: »Schatz, sag es mir, was hab ich denn schon wieder falsch gemacht? Oder bist du nur nicht in Stimmung, mir zu schreiben?« Brrk. Jammerlappen wollen immerzu etwas »hinterfragen« und finden es wichtig, ungeachtet der Tatsache, daß wir uns nicht mehr im Jahre 1978 befinden, »an der Beziehung zu arbeiten«.

Nörgler gab es zu allen Zeiten. Der Wiener Dramatiker Ferdinand Raimund führte zwar das Wiener Volksstück in ungeahnte Höhen, aber bei seiner Geliebten Toni Wagner entpuppte er sich als Krittler und langweilte sie bereits 1826 mit Ermahnungen wie »Vielleicht täusch' ich mich, aber ich glaube, daß Du seit längerer Zeit nicht mehr so ganz wie einst von der Eitelkeit frei bist, Dich bewundern zu lassen. Verzeihe mir, wenn ich Dir Unrecht tue, aber Liebende sehen alles durchs Vergrößerungsglas«. Verdammt! Raimund! Sechs Bände Gesammelte Werke und dann dies! Ermahnungen gehören so wenig in einen Liebesbrief wie Sandkörner in den Lippenstift.

Ganz anders Ludwig Börne. Der schrieb seiner angebeteten Jeanette Wohl: »Abendwolf, Bartgeier, Curassaospinne, Elster, Ente (gemeine), Ente (türkische), Faultier, Gänsefuß, Hofdame, Knurrhahn,

Medusenstern, Menschenfresser, Natter (ägyptische), Natter (gehörnte), Natter (gemeine), Otter, Paradiesvogel, Prachtkäfer, Würger (grauer), Würger (tyrannischer), Zuckertierchen... Ah, jetzt ist mir die Brust ganz leicht! Aber auch kein gutes Wort wird geschrieben, bis ich einen Brief von Ihnen bekomme, bis Sie sich verteidigt und gereinigt haben. Adieu.« So etwas ist Liebe. Alles andere ist Einbildung.

Telefonini

Nach dem Pferdeschwanz, dem Knopf im rechten Ohr und Calvin Kleins Unterhosen sind die Männer wieder mal einer geschmacklichen Verirrung erlegen: dem Funktelefon, kurz und neckisch »Händi« genannt. (Übrigens: Heißt der Computer bei solchen Männern Compi, der Mercedes Merci und ihre Frau Susi? Etwa so: »Gerade habe ich Susi aus dem Merci mit dem Händi angerufen.«?)

Eine Frau mit Stil jedenfalls hat einen Sekretär oder mindestens einen Anrufbeantworter und denkt nicht im Traum daran, jeden Anruf selbst und noch dazu in jeder Lebenslage entgegenzunehmen. Aber die Männer sind sich ja für nix zu blöd. Kein Herrenmagazin von Rang kommt mehr ohne eine Doppelseite mit den neuesten 113-Gramm-Modellen aus, jeder Gemüsehändler glaubt sich unersetzlich und will immer und für alle erreichbar sein. Seither klingelt es überall: im Bett, im Restaurant, auf der Straße, im Beichtstuhl, auf dem Klo.

Natürlich ist die Welle aus Italien nach Deutschland geschwappt, einem Land, in dem das Mitteilungsbedürfnis existentiell (»Ich telefoniere, also bin ich.«) ist. Umberto Eco meint zwar, daß nur drei Kategorien von Menschen das Recht auf ein Telefonino haben: Behinderte, Politiker und Ehebrecher, aber diese Erkenntnis ist noch nicht nach Deutschland vorgedrungen. Hier sind die Männer, die normalerweise nicht mehr als »Hm, hm, hm, aha, aha« am Telefon rauskriegen und es nicht mal schaffen, die Grundgebühr zu vertelefonieren, neuerdings von einer ungermanisch zu nennenden Geschwätzigkeit befallen. Kein Mann kann sich mehr vorstellen, daß es mal ein Leben ohne Händi gab. Was man sich da hatte alles verkneifen müssen! Im Flughafenbus wird gleich nach der Landung, klapp-klapp, das kleine schwarze Monstrum ans Ohr gehalten, um was mitzuteilen? Die unverzichtbare Botschaft: »Hilde, ich bin jetzt im Bus. Gerade gelandet.«

Linguisten nennen diese Phänomen egozentrisches Sprachverhalten, wie man es vor allem bei Kindern beobachten kann. Kinder kommentieren all das, was sie gerade tun: Wenn sie einen Baum malen, sagen sie: »Ich male jetzt einen Baum.« Machen sie Pipi, sagen sie: »Ich mache jetzt Pipi.« Anders als telefonierende Männer reden sie jedoch einfach vor sich hin und erwarten darauf keine Reaktion. Kaum hat ein Mann ein Funktelefon in der Hand, mutiert er zur Quasselstrippe, jede Lebensäußerung ist ihm ein Telefonat wert: »Erika, ich steh' jetzt gerade hier an der Ampel, und die ist rot.« Was soll man darauf antworten? Ja und? Mir doch egal? Was soll man zu einem Satz sagen wie: »Ich bin jetzt kurz vor Siegburg, wunder dich nicht, wenn's gleich weg ist, hier sind so viele Tunnnn...« Anstatt die Klappe zu halten und zu warten, bis es wirklich etwas Mitteilenswertes gibt und ein echtes Telefon in Reichweite steht, foltern Händibesitzer ihre Lebensgefährtinnen mit ihren ewigen »Ichbinjetztgerade, Ichstehjetztgerade, Ichmachjetztgerade«-Anrufen rund um die Uhr. Wer will das wissen, verdammt? Haben die Kerle nichts Besseres zu tun, als läppisches Zeug in ein schwarzes Kästchen zu quatschen?

Gott sei Dank wird jedoch in neunzig Prozent aller Fälle von der Technik gnädig verhindert, daß die Männer ihre Banalitäten loswerden. Grundlegende Eigenschaft aller Mobiltelefone der Welt ist nämlich, nicht zu funktionieren. Jeder Tunnel, jedes Waldstück, jede Mauer, die dicker als Briefpapier ist, jedes elektromagnetische Feld von der Größe eines Zehennagels unterbindet die Kommunikation. Uneinsichtig, wie Männer sind, versuchen sie vergeblich, dennoch eine Verbindung herzustellen. Das kann manchem Manne die Tage ausfüllen. Mit flackerndem Blick läuft er alle fünf Minuten aus dem Restaurant ins Freie, um zu prüfen, ob das Ding noch geht. Denn schlimmer als die mangelnde Verbindung ist nur noch eine Erkenntnis: ES RUFT KEINER AN! Es soll Männer gegeben haben, die mit ihrem Händi in den Tod gingen, als es zwei Tage lang nicht geklingelt hat.

Obwohl es inzwischen von Benimm-Tips für Händi-Halter nur so wimmelt (»Legen Sie das Funktelefon im Restaurant nicht wie ein Stück Brot neben den Teller. Das ist nicht nur unhygienisch, sondern auch schlecht erzogen. Fuchteln Sie nicht mit den Armen herum, wenn Sie auf der Straße telefonieren. Schalten Sie das Händi aus, wenn Sie im Theater/Kino/Restaurant/in der Kirche sind.«), ist man immer wieder den Besessenen ausgeliefert, was etwa so unangenehm ist, wie jemandem beim Nasebohren zusehen zu müssen. Im Zug ist es am schlimmsten. Da kann man nicht weg. Man kann aber dem Telefonierer ein Taschentuch in den Mund stopfen.

Die aufsehenerregendste Entdeckung jedoch machte Dr. Yeh Wan Fang von der Chang-Gun-Klinik in Taipeh (kein Witz, meine Herren!). Er stellte fest, daß alle Patienten, die ihn wegen Impotenz konsultierten, auch gleichzeitig Besitzer von Mobiltelefonen waren. Wir fragen uns: Was war zuerst da? Das Mobiltelefon, dessen elektromagnetische Wellen sich bleischwer auf des Mannes bestes Stück legten? Oder die Impotenz, nach dem Motto: Her mit dem Mobiltelefon, damit wenigstens eine Leitung steht?

Hallo Dr. Yeh Wan Fang! Bleiben Sie dran!

Her mit dem Trill!

Eigentlich hat man Besseres zu tun, als gegen Männer anzustänkern, die an Gummiseilen von Baukränen springen, sich zum Drachenmenschen beflügelt fühlen und ihren Lebenssinn darin sehen, sich an gefrorenen Wasserfällen hochzuhangeln. Eigentlich. Aber wenn wir es nicht tun, dann passiert wieder nichts. Die Wahrheit kommt nicht an den Tag, und die Männer drängeln sich weiter mit roten Gummibooten auf jedem halbwegs tauglichen Gebirgsbach.

Denn von ihnen ist nicht zu erwarten, daß sie in sich gehen, horchen und in stiller Eintracht mit sich und dem Snowboard eine Antwort auf die Frage geben: Warum nur, warum? Was drängt mich, auf Skateboards über Schweizer Paßstraßen zu trudeln. Was hat mich dazu verdammt, in Badehosen über Sanddünen zu schlidern und mir den Kahlen Asten per Mountainbike untertan zu machen? Treiben mich frühkindliche Traumata aufs Surfbrett? Ist es das Lemming-Syndrom? Oder die Sinn-losigkeit meiner Abteilungsleiter-Existenz?

Sky-Diving, Bungee-Jumping, Heli-Skiing, Ri-ver-Rafting, Sand-Boarding, Canyoning, House-Running, Free-Climbing und Paragliding – auch wenn sich die Englischkenntnisse auf Kreuzwort-rätsel-Niveau bewegen und das Gerundium für eine Balkonblume gehalten wird – egal: Her mit dem Trill, äh, Srill, wie war's noch gleich? Thrill. Man könnte jetzt gemein sein und sagen: So sind sie eben, die Deppen. Oder: Wenn man's schon nicht in der Birne hat, dann wenigstens in den Bei-nen. Aber so leicht machen wir es uns nicht. Wir gehen historisch vor.

Am Anfang war der Säbelzahntiger. Säbelzahn-tiger-Vernichtung war die Freizeitbeschäftigung der Steinzeitmänner. Morgens verließen sie die Höhle mit den Worten: »Ich geh' mal eben ein paar Tiger würgen.« Und die Frauen antworteten: »In Ordnung, aber laß es nicht wieder so spät werden.« Wenn die Männer abends nach Hause kamen, erzählten sie ihren Frauen mit leuchtenden Augen von dem Tiger-Match: »Das war das Geilste, was ich je erlebt habe.« Oder: »Es war die absolute Grenzerfahrung.« Oder: »Ich hab Blut geleckt, ich brauch diesen Kick.«

Die Frauen langweilten sich herzlich bei diesen

Erzählungen, aber großmütig, wie es ihre Art ist, sagten sie sich: »Na ja, jeder muß sich etwas vormachen.«

Irgendwann mal, so nach vierzig Millionen Jahren, gab es weit und breit kein einziges Säbelzahntigerchen mehr. Die Männer liefen dann noch eine Zeitlang etwas ratlos durch die Steppe, erfanden bei der Gelegenheit den Marathonlauf, wußten aber nicht so recht, etwas mit sich anzufangen. Aus Langeweile fingen sie an, Schnitzeljagden zu organisieren, Handball und Fußball zu spielen, Parteien und Gesangsvereine zu gründen. Später kamen noch Volleyball und Baseball dazu – bis schließlich alles, was irgendwie rollte, sprang oder hüpfte, von einem Rudel rennender Männer verfolgt wurde. Aber eines Tages stellten sie fest, daß das Schlagen auf einen wehrlosen Filzball oder das Verbeißen in eine schwarz-weiß-gewürfelte Lederkugel doch nicht alles gewesen sein konnte. Den Frauen wurde die Jammerei ihrer Männer langsam zuviel. »Herrgott«, sagten sie, »wirf dich einem LKW in den Weg, lauf die Hauswand mit dem Kopf nach unten runter, spring aus einem Flugzeug – mach, was du willst, nur beschäftige dich endlich!«

Und so geschah es. Die Männer sprangen vergnügt aus Hubschraubern und rasten jauchzend mit Bergrädern über den Kaiserstuhl, daß es eine Pracht war. Später erfanden sie für ihre Betätigung noch ein paar englische Namen, denn schließlich konnten sie ja schlecht sagen: »Ich geh jetzt mal zum Hügelrutschen.« Downhill-Shredding hört sich doch viel besser an. Und Bungee-Jumping klingt auch gefährlicher als Gummiseilspringen.

So vergingen die Jahre. Mit der Zeit ließ sich ein gewisses Nord-Süd-Gefälle feststellen: Je höher das Bruttosozialprodukt eines Landes, desto mehr Männer hingen an Gummiseilen oder sprangen von Fernsehtürmen. Eine Zeitlang versuchten die Frauen noch, ihre Männer wieder auf den Boden der Tatsachen zu zwingen. »Es kann doch wohl nicht so schwer sein, seinen Körper auch unauffällig in Form zu halten, muß es denn gleich Unterwasser-Skilaufen sein? Wie wär's mit einem guten Dauerlauf?« Oder sie sagten: »Endorphine hin oder her – ein Glas Champagner tut's doch auch!« Aber alles war vergebens.

Immer mehr Männer verfielen dem Sportwahn, immer lustloser nahmen sie am öffentlichen Leben teil. Im Bundestag kam es zu tumultartigen Szenen, als Rudolf Scharping vor laufender Kamera in Tränen ausbrach und immer wieder schrie: »Gebt mir mein Mountain-Bike zurück. Ich muß auf den Tuniberg!«, bis ihn schließlich ein Parlamentsdiener abführte.

In der Zwischenzeit fingen die Frauen an, die Geschäfte zu führen. Regine Hildebrandt wurde zur Bundespräsidentin gewählt, nachdem sich Roman Herzog gegen sein Amt und für das Paragliding entschieden hatte. Die Gräfin Dönhoff übernahm die Leitung des SPIEGEL, nachdem Rudolf Augstein seine Eigner-Anteile dem Deutschen Rollsportverband übertragen hatte und Stefan Aust beim Canyoning verschollen war. Viele Männer erholten sich nie wieder von den Folgen des Höhenrausches beim Sky-Diving und mußten unter Aufsicht gestellt werden.

So kam es zur Machtübernahme der Frauen. Notgedrungen!

Wenn Männer alleine sind

Ehrlich gesagt, man findet es immer etwas enttäuschend. Kaum hat eine Frau den Mann verlassen oder ist sonstwie abhanden gekommen – das Bett ist noch warm, ihr Fönschaum steht noch im Badezimmerregal, nicht mal ihre Stimme auf der Ansage des Anrufbeantworters ist gelöscht –, also kaum ist sie weg, da hat er schon eine Neue. Und sei es nur für drei Tage. Männer können nicht alleine sein. Da wird nicht getrauert und nicht gegrübelt, da grämt sich keiner über den Nachmittag hinaus – es gilt nur, möglichst schnell eine Nachfolgerin zu finden, die ihm zeigt, wie man den Last-Minute-Flug nach Lanzarote bucht oder einen Anrufbeantworter bespricht, und ihm den Unterschied zwischen Fön und Mikrowelle erklärt.

Als Frau findet man das irgendwie »bäh«, ja, charakterschwach, wenn er, kaum geht sie drei Tage auf Dienstreise, bleich wird wie ein Mozzarella nach Ablauf des Verfallsdatums. Sie sitzt noch nicht im Taxi, da telefoniert er schon mit schreck-geweiteten Augen das Filofax durch: drei Tage, drei Nächte wollen ausgefüllt sein. Mit Frauen, mit denen er mal zusammen war; mit Frauen, mit denen er nicht zusammen war; mit Frauen, mit denen er schon immer mal einen Abend verbringen wollte. Mit Frauen.

Nun gehört dieser Wesenszug, so beklagenswert man ihn auch findet, zum Manne wie der Lenden-schurz zum California-Dreamboy. Dahinter verbirgt sich jedoch kein charakterliches Fehlverhalten, son-dern ein komplexes physiologisches, der Osmose nicht unähnliches, bislang noch unzureichend er-forschtes Phänomen: der unsichtbare Mann.

Männer ohne Frauen werden unsichtbar. Das geht relativ schnell, so nach etwa drei Stunden gibt's keine Spur mehr von ihnen. Sobald sie alleingelassen werden, werden sie bleich und zittrig, nach einer Stunde beginnen sie, an den Rändern auszufransen, eine halbe Stunde später verkrü-meln sie sich und gehen in den gasförmigen Zu-stand über. Nach bereits zweieinviertel Stunden werden sie vom Bäcker übersehen. Nur fünfund-vierzig Minuten später haben sie sich in Luft auf-gelöst. Pffft.

Jeder Mann weiß von Geburt an um diese Schwäche. Und zittert. Was erklärt, weshalb kleine

73

Jungs ihren Müttern nicht von der Seite weichen. Später wird er dann versuchen, diesen nicht unerheblichen Geburtsfehler gefühlig zu verbrämen, und ständig »Ich kann ohne dich nicht leben« stöhnen.

Nun können nur wenige Männer ihr Leben so einrichten, daß sie, zur Vermeidung der Unsichtbarwerdung, den lieben langen Tag an der Seite ihrer Frau verbringen können. Im Laufe der Jahrhunderte haben die Männer aus diesem Grunde gewisse Strategien entwickelt, die es ihnen ermöglichen, in gewissen Situationen auch ohne Ehefrau an der Seite nicht übersehen zu werden. Es kam zum Einsatz der Ersatz-Ehefrau. Die Sekretärin zum Beispiel. Ohne Sekretärin im Vorzimmer wäre der Chef kein Chef, sondern nur ein kühler Lufthauch. Der Platz hinterm Schreibtisch: gähnende Leere! Ganze Regierungskabinette wären unsichtbar, gäbe es nicht ein, zwei Ministerinnen in den Reihen: Die Bundesregierung verdankt ihre Existenz Claudia Nolte, Angela Merkel und der Schnarrenbergerin. Ohne sie wäre ein ganzes Kabinett unrettbar zur Auflösung verdammt gewesen. Lauter preußischblaue Anzüge und keiner guckt hin! Warum reist Helmut Kohl zu Staatsbesuchen immer mit Juliane? Warum wird die Polygamie nicht abgeschafft? Warum trat Bill Clinton gleich im Wahlkampf mit Hillary an? Was wäre David Copperfield ohne Claudia? Was Sylvester Stallone ohne Angie Everhart? Luft!

Nun gab es aber auch eine Zeit, in der die Männer, wenngleich auch langfristig erfolglos, gegen ihr Schicksal zu opponieren versuchten. Diese historische Epoche nannte man PATRIARCHAT: »Es kann doch wohl nicht angehen, daß wir nur an der Seite einer Frau etwas sind«, sagten sich die Männer und ketteten die Frauen zu Hause an ihre Bügelbretter fest. Das ging so lange gut, wie es noch Friseusen, Krankenschwestern, Kindergärtnerinnen, Marktfrauen, Wirtinnen, Hebammen und Trambahnfahrerinnen gab, von denen nur ein Blick genügte, um die Unsichtbarwerdung der Männer zu verhindern. Als aber der ebenso orthodoxe wie unbelehrbare Flügel des Patriarchats verlangte, auch aus den letzten Nischen jede Spur von Weiblichkeit zu tilgen, wäre es fast zum vollständigen Verschwinden der männlichen Gattung gekommen: verblaßt, verkrümelt, verschwunden. Pffft. Weg. Ganze Fußballmannschaften hinterließen nichts anderes als ihre Stollenschuhe! Stammtische: ohne ihre Wirtin nichts anderes als ein voller Aschenbecher und ein verblichener Wimpel! Die letzten sichtbaren Männer forderten kompromißlos die Einführung der Quotenfrau.

Das und nichts anderes verbirgt sich dahinter, wenn Männer, scheinbar gefühllos, von einer Frau zur anderen taumeln. Man muß es ihnen nachsehen. Auf jeden Fall empfiehlt es sich, IHM für die Dauer der nächsten Dienstreise eine alte Tante an die Seite zu geben. So etwas kann Wunder wirken!

Von String-Tangas und Ein-Mann-Zelten

Wir wollen mal ganz genau sein: Geschmacklich bewegt sich der Mann auf dem Niveau einer holländischen Treibhaustomate. Im Alltagsleben fällt dieser Mangel auch nicht besonders auf, müssen Männer doch in der Regel nur zwischen Glencheck und Hahnentritt wählen oder sich für Ein- oder Zweireiher entscheiden.

(Obwohl: Wenn man es recht bedenkt, könnte es da schon wieder schwierig werden, denn Entscheidungsfindung ist bekanntlich des Mannes Sache nicht. Aber das ist wieder eine ganz andere Geschichte.)

Jenseits seines Glencheck-Alltags jedoch gibt es eine Extremsituation, in der dieser unterentwickelte Geschmackssinn jeden Mann ins Verhängnis stürzt: Das ist der Augenblick, in dem er sich den Augen einer liebenden Frau in einer Badehose präsentiert: Zeige mir deine Badehose, und ich sage dir, wer du bist. Es gibt Männer, die nur ein einziger Besuch im Städtischen Hallenbad für immer diskreditiert hat.

Männer in Unterhosen, das ist schon heikel. Denn das Gemächt ist ästhetisch eher eine Schwachstelle. Männer wissen das, weshalb sie versuchen, sich nur im Dunkeln auszuziehen oder ihre Frauen vor dem Zubettgehen betrunken machen, damit sie den Anblick nicht mehr richtig wahrnehmen können. Kurioserweise vernachlässigen Männer diese Erkenntnis, sobald sie sich am Ufer eines Baggersees befinden. Männer, deren Farbskala normalerweise von braungrau bis graubraun reicht, kommen in rosa Pünktchen und mit fluoreszierenden Ralley-Streifen daher, sie dekorieren ihre Hinterbacken mit kleinen fliederfarbenen Karos und rotbraunen Batikblumen. (Wie das Muster eines Mannes, so sein Johannes?) Dabei sollten schon die Namen der Badehosen jeden mäßig begabten Mann mißtrauisch machen: Wie kann man in eine Hose steigen, die »Udo framboise« heißt oder »Happy days« oder »Dieter medium«? Männer in Badehosen haben nur eine Wahl: zwischen kleiner Lächerlichkeit und großer Lächerlichkeit.

In die Kategorie der kleinen Lächerlichkeit gehören die Badehosen, an deren Form (oben und unten gerade geschnitten) sich seit der Erfindung der Schutenlampe nichts geändert hat. Solche Hosen sind marineblau und haben oben ein winziges Täschchen, damit der Mann seine Angebetete im entscheidenden Augenblick damit beeindrucken kann, daß er ihr eine Cola spendiert. Außerdem hängt oben ein weißes Bändchen aus dem Badehosenbund, was wie eine netzartige Innenhose zum Rätsel Mann gehört: Wozu ist das gut? Muß sein Dings doppelt verpackt, gesichert und oben zugeschnürt werden, damit ES nicht davonschwimmt?

Jetzt kommen wir zur Kategorie der großen Lächerlichkeit. Dazu zählen Tangas, Tütenhosen und der ganze Rest. Manche Männer ziehen sich Bindfäden zwischen die Po-Backen, das nennt man dann auch »String«. Diese Unart ist uralt und aus Brasilien zu uns nach Deutschland gekommen. Nun muß man nicht alles nachmachen, was aus Brasilien kommt, aber bei Badehosen setzt das Urteilsvermögen bekanntlich aus. Die String-Tangas sind normalerweise älteren Semestern vorbehalten, wohingegen sich der junge Mann in Badehosen von der Größe eines Familienzelts wohl fühlt: Männer, die Boxershorts mit lustigen Aufdrucken (der Schalk in der Hose: herzige Häschen, wonnige Weihnachtsmänner, komische Krokodile) schätzen, tragen Badehosen, die kurz unter den Achseln ansetzen und bis zu den Fußknöcheln reichen.

Schon im trockenen Zustand sind diese Badehosen eine Zumutung. Weil ein durchschnittliches Männerbein dieses Ungetüm unmöglich ausfüllen kann, umweht diese Badehose den Mann wie eine Aura von Traurigkeit.

Noch trauriger wird der Anblick, wenn die Hose naß ist, wogegen sie sich im übrigen mit aller Kraft sträubt. Sie bläht sich auf wie ein Fallschirm und schwimmt wie ein Luftkissen an der Wasseroberfläche, so daß ihr unseliger Träger aussieht wie ein Fallschirmspringer, der verzweifelt, aber vergeblich versucht, sich zu ertränken. Wieder an Land, ist er während der nächsten Stunden (nämlich bis sein Hauszelt wieder trocken ist) damit beschäftigt, an der Badehose herumzuzippeln, die an ihm klebt wie eine nasse Plastiktüte.

Richtig Sinn macht so eine Ganzkörper-Badehose eigentlich nur bei gottesfürchtigen Moslems: Der Islam schreibt Männern vor, daß die Hose beim Bade zwingend den Bauchnabel bedecken und bis zur Kniekehle reichen müsse. Außer Glaubensfragen gibt es aber nichts, was für die Tütenbadehose spricht.

Nun könnten die Männer, uncharmant, wie es oft ihre Art ist, einwenden, daß manche Frauen im Bikini auch nicht besser aussähen. Hier muß zweierlei bemerkt werden: Erstens: So etwas sagt man nicht. Zweitens: Anders als Männer sind sich Frauen ihrer Schwachstellen sehr wohl bewußt. Sie haben mindestens drei Bikini-Diäten hinter sich und schrubben jeden Tag vergeblich die Cellulitis weg. Bei Männern jedoch steht anstelle der Selbstkritik der Wille zur Selbsttäuschung: je größer der Bauch, desto kleiner die Badehose. Die Lösung? Es gibt keine. Bleiben Sie angezogen.

Peter Pan und seine Söhne

Daß Männer Kinder sind, ist eine Beleidigung. Damit fängt es schon mal an. Eine Beleidigung nicht für die Männer, sondern für die Kinder. Einem Kind treten keine Schweißperlen auf die Stirn, wenn es zwei Tomaten schneiden soll. Und einem Kind würde auch nie in den Sinn kommen, eine olivfarbene Hose zum türkisen Pullover anzuziehen und dann die Mutter zu fragen: »Kann ich so gehen?« Nein. Kinder sind entscheidungsfreudig, vernunftbegabt, selbständig und zielstrebig. Männer sind das alles nicht. Kinder wollen immer alles alleine machen. Männer sind nicht mal in der Lage festzustellen, ob sie etwas alleine machen könnten.

Warum das so ist? Wir wissen es nicht. Vielleicht liegt es am sauren Regen oder an elektromagnetischen Feldern, daß Männer irgendwann zielstrebig bis auf präinfantiles Niveau regredieren. Das Peter-Pan-Syndrom ist in allen Sozialschichten und Altersklassen verbreitet und gilt in der Regel als so unheilbar, wie es für im Leben stehende Frauen nervenaufreibend ist.

Sobald eine Person mit eindeutig weiblichen Geschlechtsmerkmalen vor ihren Augen auftaucht, stoßen die vom PP-Syndrom befallenen Männer reflexhaft Sätze aus wie »Ob die Badelatschen wohl noch in den Koffer passen?« oder »Gibt es denn im Theater etwas zu essen?« – kurz: Sätze, für die sich ein Fünfjähriger vor Scham aus dem Kinderzimmerfenster stürzen würde.

Die Erscheinungsformen des PP-Syndroms sind vielfältig. Manche der Infizierten machen einen durchschnittlich begabten Eindruck. Sie sind in der Lage, mit Autotelefonen zu telefonieren, und sie putzen sich regelmäßig die Zähne. Andere haben sogar in Physik promoviert. Oft reicht allerdings ein kleiner Anlaß, um die Krankheit zum Ausbruch zu bringen: Stellen Sie einen Mann vor eine Waschmaschine. Zwanghaft wird er den Satz nuscheln: »Das kannst du doch viel besser.« Bestreiten Sie dies, gelingt es ihm garantiert, den neuen Kaschmirpullover in nur einem Waschgang auf Barbiepuppengröße zu reduzieren.

Aber in der Regel besitzen (alleinlebende) Männer keine Waschmaschine. Ein Naturgesetz besagt, daß in Männerwohnungen grundsätzlich keine

Waschmaschinen passen. Schlagzeuge passen da hinein. Rennräder und Lautsprecher in der Größe von Kindersärgen, aber eben keine Waschmaschine. Schlagen Sie einem PP-Mann vor, sich eine Waschmaschine zu kaufen, er wird Sie angucken, als hätten Sie vom Kauf eines Privatjets gesprochen. Er braucht keine Waschmaschine. Meist kommt seine Mutter sowieso alle zwei Wochen mit dem Wäschekorb aus Gifhorn nach Hamburg gesaust, zwei Stunden hin, zwei Stunden zurück, um den Sohn aus seiner schmutzigen Wäsche freizuschaufeln.

Mütter sind die ersten, die merken, daß ihre Söhne vom PP-Syndrom befallen sind. Meist ist es ein schwerer Schock, wenn sie feststellen müssen, daß ihr Sohn, der schon als Dreijähriger dem Chemie-Baukasten sämtliche Geheimnisse entlockte, als Fünfjähriger darauf bestand, sich seine Spaghetti selbst zu kochen, und der im Alter von zehn sämtliche Schaltkreise von Haushaltsgeräten reparierte – daß eben dieser Sohn jetzt aus heiterem Himmel anfängt zu verblöden. Fassungslos sehen sie zu, wie er, der nicht mal als Kleinkind mit Lego spielen wollte, jetzt seine Nachmittage entrückt lächelnd vor Computerspielen verbringt, von einem Wohnmobil träumt, sich Hosen kauft, für die er zwanzig Zentimeter zu kurz gewachsen ist, und dann weinerlich fragt: »Meinst du, die ist in Ordnung?« Krampfhaft suchen die Mütter nach Erklärungen: Ob es an der Badetemperatur lag? Oder an zu vielen Cornflakes? Mütter haben immer ein schlechtes Gewissen. Freundinnen nicht.

Freundinnen sagen mitleidlose Sätze wie »Bist du eigentlich noch ganz dicht?« oder »Mir doch egal, ob du in Jacke oder Mantel gehst!«. Aber selbst diese Herzenskälte führt bei PP-Männern keine Krankheitseinsicht herbei. Statt dessen tarnen sie ihre Symptome mit Nonkonformismus. Wenn einer mit 36 sein Jurastudium immer noch nicht zu Ende gebracht hat, heißt es: »Willst du etwa so einen geschniegelten Workaholiker, der mit 40 seinen ersten Herzinfarkt kriegt?« Sollen Entscheidungen getroffen werden, deren Konsequenzen weiter reichen als bis in die nächsten fünf Minuten, flüchtet sich der PP-Mann in Liberalität. Verhütung? »Das mußt du wissen.« Heiraten? »Och wieso, mit dem blöden Stück Papier ändert sich doch eigentlich nichts. Oder willst du etwa wegen der Steuern heiraten?«

Ein PP-Mann heiratet nur in Notlagen. Etwa, wenn seine Mutter plötzlich verstorben ist und der Kauf eines neuen Wintermantels ansteht. Nachwuchs wünscht er wohlweislich zu vermeiden. Denn nichts ist schwerer zu ertragen als der Blick eines Vierjährigen, wenn er hört, daß sich der Vater schon wieder zum Trommelkurs in Umbrien angemeldet hat. Echt peinlich, der Typ.

Keiner ist reiner

Mit der Minipli für Mittelstürmer fing es an. Waschen, Schneiden, zack, zack, reichte plötzlich nicht mehr. Männer wollten nämlich nicht länger diskriminiert werden für einen Schnitt, der aussieht wie die Rasur eines Merinoschafes. Durch die Pauschalisierung »Halber Preis für halbes Haar« fühlten sich die letzten Vollhaarträger erniedrigt. Die Männer lehnten sich auf. »Man muß nicht schwul sein, um gut auszusehen«, riefen sie, warfen ihr Irish Moos aus dem Fenster und ihr Brisk ins Klo, schrien beim Anblick von Speick-Seife auf und behaupteten, davon Falten zu kriegen. So fing alles an.

Die Frauen bekamen glänzende Augen: Endlich ein Mann, der nicht müffelt, hofften sie. Endlich ein Mann, dessen Fußnägel nicht aussehen, als würden sie demnächst von ihm abfallen. Ein Mann, den nicht erst eine langwierige Gruppentherapie davon überzeugen muß, daß häufiges

Haarewaschen *wirklich* nicht zu Haarausfall führt! Einer ohne zugewachsene Ohrmuscheln, einer, dessen Trauerränder keine panische Angst vor Infektionen auslösten. Ein Mann ohne Zahnbelag. Kurz: ein Traum.

Die Aussicht, daß jede bald ihr Leben an der Seite eines Ralph-Lauren-Models verbringen würde, machte die weibliche Welt großzügig. In der Parfümerie »Claudia« wurde der hundertste Kunde, der akzentfrei und ohne zu erröten nach der Instant-Refreshing-Polyactif-Hydratant-Mask von Lancôme verlangte, mit einem Abo für den Turbo-Bräuner belohnt. Zu Hause wiesen die Frauen ihn in die Kunst ein, die Estée-Lauder-Eyelift-Pads auf die schweren Lider zu drücken und waren begeistert, die Vitamin-A-Salbe und das Anti-Aging-Gel mit ihm zu teilen.

Keine Frau brachte es mehr über das Herz, von einer Geschäftsreise zurückzukehren, ohne ihn mindestens mit einem Flakon Égoiste, Fahrenheit im Atomiseur, Davidoff als Pre- und JOOP! als Aftershave zu beglücken. Die Kosmetik-Industrie delirierte. Der deutsche Mann, so hieß es, sei europaweit Sieger im Verbrauch von Cremes und Lotionen.

Doch dann, es muß bei einem Frühstück im ungünstigen Licht gewesen sein, schauten die Frauen ihren Männern ins Gesicht und stellten mit dem ihnen eigenen Hang zu bitteren Erkenntnissen fest: Schöner ist er nicht geworden. Glatter auch nicht.

Die Männer versuchten erst, sich herauszureden: Schließlich wisse jedes Kind, daß die Vitamin-A-Salbe erst nach acht Monaten erste Effekte zeige, man möge doch bitte Geduld haben. Als die Frauen jedoch dann unter dem Bett ein Warenlager von Moisture-Lift-Hydra-Star bis zur Icone-all-types-of-dryness entdeckten und ihre Männer dabei ertappten, wie sie heimlich das Grey Flanell in die Balkonblumen kippten, da half kein Leugnen mehr.

Es sei ihnen einfach alles zuviel geworden, jammerten die Männer, dieses ewige Parfümieren und Pudern, das Zupfen und Bürsten, das Cremen und Balsamieren, das Epilieren und Rasieren – ein einziger Streß! Tagelanges Peelen! Wahnvorstellungen im Schlaf von kreisenden, Liposom-Kügelchen zerdrückenden Fingern!

Wer kann so etwas aushalten? Hatten nicht Tausende von Männern ihren Verstand verloren, als sie vergebens versuchten, die Feuchtigkeitsmaske mit der Spitze ihres Mittelfingers einzuklopfen? Und das Kosmetikstudio – nichts anderes als eine verkappte Folterkammer. Mit Gesichtsdampfbädern habe man sie ersticken wollen, das Komedonen-Quetschen fühle sich so an, als ob einem die Fußnägel einzeln herausgezogen würden, und die

Tortur, die Haut mit heißem Wachs zu bestreichen, um dann im Grunde völlig unsichtbare Haare mit einem brutalen Ruck samt Wurzel herauszureißen, verfolge wie ein Trauma und verhindere effektive Büroleistungen. Ganz zu schweigen, daß die Schönheitsprozedur viel zuviel Zeit raubt, um ordentlich Geld zu verdienen. »Laßt uns wieder Männer sein!« wehklagten sie. »Gebt uns unsere Speick-Seife und die Nivea zurück!«

Da wurden die Frauen ganz nachdenklich. Sollte es wieder so werden wie früher? Sollten gegelte Italiener und parfümierte Franzosen erneut auf den deutschen Mann herabschauen können? Nein. Und deshalb tolerieren sie bei ihren Männern die Nivea-Creme, mit der die sich Ellenbogen und Tränensäcke cremen, und schneiden seine Nägel heimlich selbst. Öffentlich aber kaufen Frauen die Parfümerien und Duty-free-Shops der Welt leer – vorzugsweise Männerprodukte. Damit wenigstens sein Image stimmt, wenn's sein Äußeres schon nicht tut.

Und nur weil Frauen lieben, ist der deutsche Mann noch immer Spitzenreiter im Verbrauch von Cremes und Lotionen. Und die Tonnen von Davidoff-Eau-de-Toilette, KL-Parfüm und Fahrenheit-Bodylotion werden dreimal jährlich in der Nordsee verklappt.

Die Trickkiste fürs Bett

Es gibt Dinge, die man nicht oft genug beklagen kann. Dazu gehören verregnete Sommer und die mangelnde geistige Flexibilität von so manchem Mann. Beides legt sich wie ein nasses Handtuch aufs Gemüt. Nuancen sind im männlichen Schaltplan nicht vorgesehen, und was einmal programmiert ist, läßt sich aus Männerhirnen nicht mehr löschen. Zwar versetzt diese spirituelle Eindimensionalität Männer zumindest in die Lage, der Auspuffanlage eines Heinkel-Rollers auch noch das letzte Geheimnis zu entlocken oder auf Zuruf den Tabellenstand der Bundesliga im März 1964 herunterzuspulen, ohne zu stottern – gewiß unverzichtbare Qualitäten, dennoch nicht alles im Leben.

In der Erotik beispielsweise ist die mangelnde männliche Elastizität (in der Fachliteratur auf den Begriff MME-Syndrom verkürzt) so lästig wie ein Kropf.

Auf ewig und alle Zeit sind in Männerköpfen Überzeugungen eingebrannt, die ihnen vielleicht Dr. Sommer oder Oswalt Kolle oder der Masseur oder der Handballtrainer eingebimst haben. Dazu gehören: daß Frauen nach einem Nachspiel und nach ungewöhnlichen Küssen verlangen, daß sie völlig der Ekstase verfallen, wenn ihr Körper als Obstteller dient, und über bestimmte, strategisch wichtige Punkte im Körper verfügen, die vom Mann zu finden und zu betätigen sind. Weil wir die Hoffnung auf die zumindest partielle Lernfähigkeit des Mannes nicht aufgeben, sei hier ein für allemal die Wahrheit gesagt. Also: Männer! Das ist völliger Käse!

Fangen wir mit dem Mythos des Nachspiels an. Der muß zu Zeiten von *Helga* entstanden sein, als sich die Frauen noch nicht die Beine rasierten und die Männer doppelgerippte Unterhosen mit seitlichem Eingriff trugen. Diese Zeiten sind vorbei! Keine normale Frau will nach einem (das setzen wir hier jetzt einfach mal voraus) befriedigenden Liebesakt noch begrabbelt werden, und erst recht nicht will sie – »War es schön für dich?« – darüber reden. Sie will gefüllte weiße Schokolade von Lindt essen oder die *David-Letterman-Show* auf RTL 2 sehen oder sich einfach zusammenrollen und einschlafen. Und, so bitter das ist: Auch das beste

Nachspiel kann ein schlechtes Vorspiel nicht mehr herausreißen.

Ebenso lästig wie der Kampf gegen den engagierten Nachspieler ist der gegen den offensiven Küsser. Es gibt Männer, die haben irgendwo gelesen, daß Frauen gerne geküßt werden, und zwar nicht nur auf den Mund. Dies ist, wie so vieles, im Prinzip richtig. Aber, das sei mit Entschiedenheit gesagt: Auf die erotisierende Wirkung vom Zehennuckeln setzen nur Texaner! Und in Texas, das muß jetzt enthüllt werden, pflanzt man sich durch eine Art von ungeschlechtlicher Teilung fort. Ähnlich wie die zwittrigen Schnirkelschnecken. Da spielt der Zeh eine entscheidende Rolle.

Aber das ist nichts für den Mitteleuropäer, sondern nur etwas für die texanischen Schnirkelschnecken.

Auch der sich epidemisch ausbreitende Ohrläppchenlutscher wird von Frauen nicht geschätzt. Männer! Für so was sind Q-Tips da! Aber hat sich ein Mann erst mal inspirieren lassen, bringen ihn Tod und Teufel nicht mehr davon ab. Simple Filmchen wie *9 1/2 Wochen* oder einfach gestrickte Bücher wie *Der einzige Weg, Oliven zu essen* sind noch heute für den Wahn verantwortlich, beim Sex gnadenlos lustfuttern zu müssen: Erdbeeren im Bauchnabel, Oliven zwischen den Lenden, Honig auf den Schenkeln, Petersilie im Ohr. Will man das? Ist eine Frau ein Spanferkel? Nein!

Dann: der Pfadfinder. Hat mal was von G- und U-Points gelesen und verbringt seither seine Zeit auf der Suche nach Punkten. Er wird sie nicht finden, und das ist gut so. Schlimm ist nur, wenn er sich in Ermangelung anderer Punkte zum berüchtigten Knubbler entwickelt, der nervös mit der Brustwarze wie mit einem vertrockneten Gummibärchen spielt.

Aber das Schlimmste, ja, das Allerschlimmste ist der kleine Orgasmusforscher. Vor ihm muß man sich hüten. Sherlock Holmes im Bett. Er hat irgendwo gelesen (»Wenn Männer zuviel lesen«), daß auch Frauen nach einem Orgasmus verlangen. Und da ist sein Ehrgeiz erwacht. Seine Indizienkette läßt keine Lücke. Ihre Atemgeschwindigkeit entgeht im genausowenig wie der Schweiß auf ihrer Stirn. Mit einer Kennerschaft, die nur ein bretonischer Pferdehändler aufbringt, prüft er nach: Bleibt ihre Zunge kalt? Die Handflächen kühl? Ein Mann spüre deutlich, wenn »die kleinen Flaggen wehen«, wie Henry Miller das ausdrückte. Da hat Miller wohl gerade einen schlechten Tag gehabt. Es soll ja auch schon Männer geben, die den Orgasmus vortäuschen. Wir finden das völlig in Ordnung: Die schauspielerische Leistung soll endlich auch honoriert werden. Das verstehen Sie jetzt wieder nicht? Gerade eben haben Sie erst gelesen, daß Frauen auch einen Orgasmus…? Okayokayokay. Mit Männern ist es eben genauso wie mit verregneten Sommern.

Mit der Lüsterklemme auf du und du

Zu den ungelösten Rätseln des Alltags (Warum fallen Butterbrote immer mit der bestrichenen Seite auf den Boden?) gehört diese Frage: Wie konnte es passieren, daß sich über Jahrhunderte der Mythos hielt, der Mann kenne sich mit Technik aus? Ja, wir gehen noch weiter: Die technische Begabung, die Tüftel-, Bastel-, und Kniffelei sei ihm angeboren wie abstehende Ohren, der Hang zum Lispeln und die Erdbeerallergie?

Die Realität sieht anders aus. Wo sind sie denn, die Männer, die wissen, daß eine Lüsterklemme nicht ein Sado-Maso-Utensil ist und ein Syphon nicht eine Figur aus der griechischen Heldensage? Es gibt sie nicht. Die einen halten den Spreizdübel für ein Turngerät und Schwingschleifer für eine besonders komplizierte Eiskunstlauffigur. Bei Korkenziehern, deren Funktionsweise auf der simplen Anwendung des Hebelprinzips basiert, halten Männer immer – IMMER! – die Hebel fest nach unten gedrückt und versuchen dennoch schwitzend, den Korkenzieher irgendwie in den Korken zu bröseln. Es gibt keinen Mann, der das Hebelprinzip durchblickt. Außer Kellnern vielleicht, aber die lernen das auf der Kellnerschule.

Eigentlich war das schon immer so. Seit Jahrhunderten. Schon in der Frühzeit brachten sich Männer mit ihren Faustkeilen schwerste Verletzungen bei. Wohin es führen kann, wenn man ihnen Airbusse, Atomkraftwerke, Atlantik-Kreuzer und verstopfte Ausflüsse überläßt, ist bekannt. Stellen Sie einen Mann doch nur vor eine rauchende Kühlerhaube. Nachdem er drei Stunden lang mit rotem Kopf unter jeder Fußmatte nach einem Hebel gesucht hat, der die Motorhaube öffnet, wird er mit dem besorgt-wissenden Blick des Kenners (»Mit der Zylinderkopfdichtung auf du und du«) die magischen Worte sprechen: »Tja, da ist wohl nichts mehr zu machen« und den ADAC anrufen.

Oder: Konfrontieren Sie einen Mann mit einer nicht funktionstüchtigen Niedervoltlampe. Er wird schlagartig von violetten Quaddeln übersät sein und tapfer und mit glasigen Augen den Satz »Na, das machen wir doch mal ganz schnell« ausstoßen. In einem unbeobachteten Augenblick wird er dann versuchen, sich vom Küchenstuhl in den Tod zu stürzen. Frauen, die ihre Männer lieben, wechseln

Niedervoltlampen selbst aus. Die anderen stellen den Küchenstuhl bereit und halten sich die Augen zu.

Es ist der begnadeten männlichen Fähigkeit zur Mimikry zu verdanken, daß sich die Technik-Nieten noch nicht als solche outen mußten. Um nicht ganz blöd dazustehen und wenigstens mitreden zu können, lernen Männer heimlich auf dem Klo Gebrauchsanweisungen auswendig. Sie reden über den »Klirrgrad« des CD-Players, als wär's ein Stück von ihnen. »Selbst ist der Mann« ist ihre Bibel. Wenn sie dann ihrer Frau vor der Ampel ein beiläufiges »Ich glaube, das Getriebeöl muß mal wieder gewechselt werden« hinwerfen können und dafür einen staunenden Blick ernten, ist das für sie ein inneres Schützenfest. Es soll Frauen geben, die sich vorübergehend von solch einem Quartettfragenwissen beeindrucken lassen. Sie werden aber mißtrauisch, wenn der Mann im Schlaf Sätze murmelt wie »Führen Sie im Stoppbetrieb die Schritte von Seite 54 und 55 aus« oder »Bauen Sie das Gehäuse nicht auseinander. Überlassen Sie Wartungsarbeiten stets nur einem Fachmann«. Und spätestens wenn die Männer von den Frauen dazu aufgefordert werden, den Videorecorder nicht zu erklären, sondern zu programmieren, fallen sie in sich zusammen und gestehen alles.

Mit dem Faxgerät samt Telefon und integriertem Anrufbeantworter steht es nicht viel besser. Es gibt Männer, die kann man dabei beobachten, daß sie sich gegenseitig Wörter wie »Parametermeldung« oder »S-Geschwindigkeit« zujauchzen. Wundern Sie sich nicht. Diese Männer lernen gerade die Bedienungsanleitung für das neue Canon-Normalpapier-Fax auswendig. Wenn Sie sie jedoch fragen, wie man die Fernabfrage benutzt, fangen sie an, konvulsivisch zu zucken.

Tja, das ist, wie alle Wahrheiten, ziemlich bitter. Jetzt wollen Sie natürlich wissen, wie es TROTZDEM zur Erfindung des Eierkochers kam. Also: Männlicher Erfindungsgeist ist ein Akt der Verzweiflung. Und eine Geste von Männersolidarität, die nicht genug zu honorieren ist. Stellen Sie sich doch mal die Männer vor, denen es gelingt, ihre natürliche Abneigung gegen Technisches zu überwinden, ihre angeborene Panik zu unterdrücken, die sie schon überfällt, wenn sie nur einen Imbus-Schlüssel riechen. Und die in nächtelanger Tüftelei, sagen wir, eine elektrische Saftpresse entwickeln! Das sind doch die wahren Helden!

Aber weil es davon nicht so viele gibt, müssen die Frauen ran. Das ist schon seit der Bronzezeit so. Als die Männer noch mit Steinschleudern hinter Spatzen her waren, zeigten die Frauen ihnen schon, was eine Harke ist. Und das hat sich bis heute nicht geändert. Weshalb Männer auch immer nur so tun, als würden sie auf vollbusige Blondinen stehen. In Wahrheit ist es der Werkzeugkasten. Und schon in der ersten Nacht lassen sie sich von der flachbrüstigen Brünetten die Niedervoltlampe anschließen.

Bei den sieben Zwergen

Ausgelöst hat es wahrscheinlich Gregor Gysi (1,66 Meter). Eine neckische Talkshow jagt die nächste, und sogar Frauenzeitschriften haben sich (von der internationalen Wichtel-Liga?) korrumpieren lassen und schreiben Gefälliges über kleine Kerle.

Dem muß jetzt endlich entschieden Einhalt geboten werden. Schluß mit dem Zwergendrücken! Schließlich kann man sich nicht auch noch um das letzte Vorurteil bringen lassen. Also: Traut keinem männlichen Wesen unter 170 Zentimetern Lebensgröße!

Wischen wir den ganzen »Kleine-Männer-wachsen-über-sich-hinaus«-Käse weg und sehen den kruden Realitäten ins Gesicht: Warum sollte eine Frau das Leben mit einem Mann verbringen, der mit 1,60 Meter nirgendwo herausragen kann, es sei denn aus einer Schar von Vorschulkindern?

Natürlich weiß er um seine Tragik und versucht, eine Tugend daraus zu machen: Gregor Gysi

zum Beispiel »entfaltet seine bohemehafte Bered-
samkeit«, wie der *Spiegel* zu berichten weiß. Na ja.
Das muß er wohl auch, oder soll er etwa mit seinen
1,66 Metern einfach still dasitzen und hinnehmen,
daß man ihn mit einer Zimmerlinde verwechselt?

Hinter der Quasselei verbirgt sich natürlich der
alte Trick kleiner Männer, auf den schon Genera-
tionen normalwüchsiger Frauen fast hereingefal-
len wären: Die Zwerge reden und reden und reden,
und fast machen sie ihre Kleinheit vergessen, wenn
nicht der weibliche Blick irgendwann mal zufällig
auf die Füße fallen würde.

Okay, man kann über Ärmchen, Beinchen und
Händchen hinwegsehen, aber über Füßchen? Nein!
»Er hat Schuhgröße 38« ist das Schlimmste, was
man einem Mann nachsagen kann. Ein Mann, mit
dem man die Schuhe tauschen kann! Nicht auszudenken.

Wenn wir schon beim Anatomischen sind: Es
hilft nichts – beim kleinen Mann ist alles klein.
Auch *DAS*. Denn bekanntermaßen ist alles relativ.
Ein Mann, der 1,53 klein ist, hat schließlich auch
nicht Schuhgröße 48 und Hände so groß wie Gar-
tenschaufeln. Und wer wie ein gewisser Professor
Sippell von der Universität Kiel etwas anderes behauptet, der lügt.

Mussolini (1,65 Meter) Napoleon (1,51 Meter).

Das sind die Beispiele, die normalwüchsigen Menschen zum Thema einfallen. Die Fruchtzwerge-Riege versucht jedoch zu Propagandazwecken immer wieder die gleichen Namen und Maße in das Spiel zu bringen: Woody Allen (1,63 Meter), Richard Wagner (1,68 Meter), Prince (1,58 Meter), Humphrey Bogart (1,65 Meter). Aber so richtig überzeugen kann keiner der Männchen. Eher zerreißt es doch jeder Frau das Herz, wenn auch noch die letzte Hollywood-Legende schrumpft! Sich Humphrey Bogart vorzustellen, wie der auf eine alte Getränkekiste krabbelt, um Ingrid Bergman in die Augen schauen zu können. O Gott. Der Held ein Zwerg. Und die ernüchternde Entdeckung zu machen, daß Dustin Hoffmans Ruhm lediglich auf den gebeugten Knien seiner Schauspielerkollegen und geschickter Kameraführung basiert, fördert auch nicht die Sympathien für die Kleinwüchsigen. Bei Danny DeVito schwanken die Angaben übrigens von 1,53 (aus männlicher Sicht) bis 1,49 Meter (weiblicher Sicht). Jede Frau lacht gerne über Danny DeVito. Manche nennen ihn sogar »putzig«. Sicher: Man kann über einen putzigen Mann lachen, aber man kann ihn nicht küssen. Am Ende noch aufs schüttere Haar? Also wirklich!

Aber das alles wäre ja noch gar nicht so schlimm. Wir könnten auch noch darüber hinwegsehen, daß Kleinheit durch hochgestellte Hemdkragen kompensiert werden soll. Auch hochgekämmte Haare und Schuhe mit Plateausohlen finden unsere Nachsicht. Beunruhigend sind allerdings die Entwicklungsmögichkeiten, die ein kleiner Mann hat. Eigentlich kann er doch nur PDS-Vorsitzender, Jockey oder Diktator werden. Und welche Frau will mit einem Mann leben, von dem man nicht weiß, ob er sich eines Tages als Jockey entpuppt?

Schließlich noch die Bonsai-Psyche. Der Wichtelwahn. Ein ganz dunkles Kapitel. Um nicht unentwegt übersehen zu werden, muß der Kleine ständig auf- und abhüpfen und »Hier bin ich« krähen. In der Psychologie nennt man so etwas Darstellungszwang. Auf Abendgesellschaften kann so etwas ausgesprochen amüsant sein. Für die Betroffenen jedoch ist der Zwang, unentwegt geistreich und witzig zu sein, natürlich ermüdend. Zum Ausgleich tyrannisieren sie dann ihre Nächsten. Wahrscheinlich, nur eine Vermutung, quält Gregor Gysi heimlich seine großgewachsene Geliebte mit Gardinenaufhängern und Norbert Blüm seine Frau mit Ausflügen in Tropfsteinhöhlen.

Aber schlimmer noch als all die aufgeblasenen Fruchtzwerge sind die falschen Kleinen. Die von einer innerlichen Kleinheit geplagten Männer. Die dahocken mit ihren 1,99 Metern und reden, reden, reden. Und denen man, nicht gleich auf den ersten Blick, den Wichtelwahn ansehen kann. Dann doch lieber Zwerge!

… dann rasen sie immer noch

Für Männer ist ein Auto nicht lediglich ein Auto, das ist bekannt. Ein Auto ist für sie eine Insel in der feindlichen Welt, Heiligtum, Statussymbol, Ideologie, Mutter-Ersatz, ja, Uterus-Ersatz, wie der Philosoph Peter Sloterdijk richtig feststellte. Ein Uterus mit Aussicht: Der Mann wird geschaukelt, hat's schön warm, gelangt von A nach B und kann auch noch zwischendurch die Landschaft an sich vorbeiziehen lassen.

Aber genausowenig, wie man vom Schallplattensammeln allein zum Operntenor wird, reicht auch eine noch so hingebungsvolle Verehrung des Autos nicht aus, um es auch fahren zu können. Denn zwischen dem Auto und dem Fahren desselbigen steht im wesentlichen der Mann.

Das erste große Hindernis beim Autofahren ist die Blindheit der Männer. Männer können nicht sehen, weder räumlich noch sonstwie. Sie können nicht kariert von gepunktet unterscheiden, erst recht nicht orange von waldmeister, und einer, der nicht merkt, daß die Wohnung komplett umgeräumt und die Haarfarbe neu ist (»Fällt dir was auf?« – »Nö.«), kann sich beim Linksabbiegen auch nicht mit dem entgegenkommenden Laster aufhalten.

Dann der verbreitete männliche Größenwahn. Männer, die es gerade geschafft haben, groß genug zu werden, um über die Tischkante gucken zu können, ziehen immer den Kopf ein, wenn sie unter einem zwei Meter hohen Türrahmen durchgehen. So einer kann auch nicht 1,50 Meter Abstand von 15 Metern unterscheiden, so einer gibt Gas, auch wenn er schon die Schuppen auf der Schulter des Vordermanns zählen kann.

Die männliche Unfähigkeit, Vorgänge zu antizipieren stellt einen weiteren Mangel männlicher Logik dar, der sich im Straßenverkehr hinderlich auswirkt. Gedankengänge wie »Wenn ich links abbiegen will, muß ich mich links einordnen« sind Männern zu komplex. Statt dessen versuchen sie die Linksabbieger (»Diese Penner! Blockieren mal wieder alles!«) rechts zu überholen, um schließlich festzustellen, daß es ihnen nicht gelingt, sich im letzten Moment (»Warum läßt mich der Idiot nicht rein? Noch nie was von Reißverschlußverfahren gehört?«) links einzuordnen. Außerdem können Männer nicht zwei Dinge auf einmal erledigen, was jedoch beim Autofahren schlechterdings unvermeidlich ist. Frauen können sich die Nägel french feilen und GLEICHZEITIG telefonieren. Männer fangen an zu schreien (»Heute wieder nur Arschlöcher unterwegs!«), wenn sie gleichzeitig den Blinker betätigen UND die Kupplung treten müssen. Und der rudimentär entwickelte männliche Orientierungssinn (»Jetzt sag doch mal schnell, mußten wir da vorne schon links abbiegen?«) erleichtert die Teilnahme am Verkehr auch nicht gerade – ein weites Feld!

Nun kann man sich fragen: Wenn ein Mann am Lenkrad so etwas wie der Bock im Garten ist, wie konnte es dann passieren, daß mehr als 50 Prozent aller Autos in Männerhand sind? Ganz einfach, weil Männer begnadete Roßtäuscher sind. Die Flucht nach vorn: Männer können zwar nicht Autofahren, das aber schnell.

Kein Mann würde auf den Gedanken kommen, sich in einen Fiat-Panda zu quetschen, mit einem Polo durch die Gegend zu hoppeln oder sich durch das Fahren eines Renault Twingos seiner Männlichkeit zu berauben. Nein, es muß ein 7er BMW sein – damit kann man auch mit 180 km/h gegen ein Mäuerchen pladdern, ohne das Gesicht dabei zu verlieren. Und dank der Servolenkung hat sich das Thema Lenken auch erledigt. Seit der Erfindung des Otto-Motors versuchen Männer, ihre Unsicherheit im Straßenverkehr durch einen besonders eigenwilligen Fahrstil zu verbergen, der sich vor allem durch zwei Komponenten auszeichnet: stark Gas geben und stark bremsen. Kaum sitzen sie hinter dem Steuer ihres Audis (mit Hut und Klorolle), Porsches (Sonnenstudiobesitzer), Mercedes' (Oldenburger Landwirte) oder Volvos (Düsseldorfer Rasenmäherfabrikanten), recken sie ihr Kinn kantig vor und verbeißen sich ins Lenkrad. Sie rasen durch verkehrsberuhigte Zonen, toben über Serpentinen, fegen durch Autobahnbaustellen, geistern durch Einbahnstraßen, nimmermüde dem Ozonloch nach, auf den Lippen den Satz »Grad schon wieder einen Satz Reifen runterradiert«.

Die Autoindustrie hat versucht, mit Airbags, ABS, seitlichem Aufprallschutz und Gurtstraffern die Männer vor sich selbst zu schützen. Und wenn da keine hinterhältigen Haarnadelkurven sind und plötzlich aus dem Straßengraben auftauchende, sich in den Weg werfende Trauerweiden, dann rasen die Männer immer noch.

Frauen, Fußball, Fallrückzieher

Ja, früher, da war die Welt noch in Ordnung: Die Sommer waren heiß, die Winter schneesicher, und Kinder widersprachen noch nicht. Männer machten es sich bei der *Sportschau* gemütlich, und die Frauen reichten Häppchen dazu. Ab und zu brüllten die Männer: »Jetzt nimm ihn doch auf, du Hund!«, alle Fußballer hatten sich blonde Strähnchen machen lassen, und die Frauen hielten den Fallrückzieher für eine gewagte asiatische Verhütungstechnik. So war das früher.

Aber jetzt ist das Unheil schon in vollem Gang. Macht sich kichernd und krakeelend in Südkurven breit. Mopst beim *Aktuellen Sportstudio* die Häppchen weg. Hält sich nicht mit *Der-Große-Preis*-Fragen auf (»Wer war 1977 Meister?«), weigert sich, Deutschlands Vorrundengegner seit 1954 auswendig zu lernen. Kurz: Die Frauen haben den Fußball entdeckt.

Das liegt den Männern im Magen wie ein versägter Elfmeter. Keiner will wahrhaben, daß der Feind heimlich, still und tückisch diese letzte männerbündische Bastion überrannt haben soll. Denn die Aussicht, den Moment höchster Spannung (»Deutschland wird den Bolivianern schon zeigen, was Höhenluft bedeutet, harhar«) mit einem andersgeschlechtlichen Wesen teilen zu müssen, also ein Europapokalspiel mit einer Frau an der Seite ertragen zu müssen, das ist für den durchschnittlich begabten Mann so verlockend wie ein Coitus interruptus. Egal, ob sie Anhänger von Dynamo Dresden oder Lokomotive Leipzig sind, ob sie es mehr mit Wacker Null Vier oder den Roten Teufeln vom Betzenberg halten: Alle Männer teilen die Überzeugung, daß Frauen, die eine Abseitsfalle erkennen können, in der Schöpfungsgeschichte nicht vorgesehen sind. Dieses Wissen gehört zu Männern wie der Glaube, daß der Ball rund und die Erde eine Scheibe sei.

Aber die Frauen sind nicht mehr zu übersehen. Weder am Millerntor noch im Olympiastadion. Boris Becker bringt seine Babs auch noch mit, anstatt sie zu Hause mit dem Kind wegzuschließen! Und bei der Weltmeisterschaft sind sie schon gar nicht mehr zu halten. Hinter vorgehaltener Hand flüstert man sich schaudernd zu, daß es Frauen gäbe, die alle 24 WM-Trainer mit Namen kennen.

Wie konnte es soweit kommen, fragten sich die Männer. Lag es an der fatalen Entscheidung, Damen-Fußballmannschaften zuzulassen? Oder war Arminia Bielefeld schuld? Hatte man da nicht schon vor Jahren eine FDP-Ratsfrau zur Präsidentin gemacht? »Wenn du den Frauen auch nur den kleinen Finger...«, jammerten viele. Aber keiner konnte die richtige Erklärung finden. Männer können zwar auf Knopfdruck Sätze wie »Der Tabellenletzte VfB Leipzig trägt die rote Schlußlaterne« herunterspulen, aber das Wesentliche war wieder mal an ihnen vorbeigegangen.

Denn im Grunde war der Fußball für die Frauen früher vor allem ein ästhetisches Problem. Für eine zwergwüchsige, dauergewellte Wühlmaus setzt sich keine Frau vor den Fernseher. Wie bei der 74er WM zu beobachten war, hatte man das in anderen Ländern schon lange erkannt. Die brasilianischen Spieler sahen immer schon aus wie Calvin-Klein-Models. Und die Italiener wie der junge Delon in Viscontis *Der Leopard*. Ein dackelbeiniger Spieler wie Gerd Müller hätte in jedem anderen Land der Erde nicht mal auf der Reservebank sitzen dürfen.

Heute ist das anders. Erst mal sind die Fußballer größer geworden. Das ist wahrscheinlich der verbesserten Ernährung zu verdanken. Sie haben nicht mehr das Format eines Geigenkastens, sondern sind zu stattlicher Größe herangewachsen (bei Berti Vogts kam die Entwicklung zu spät). Verglichen mit seinen Vorgängern sieht Klinsi aus wie ein Baguette inmitten von Roggenzwergen. Und Pressekonferenzen moderiert er dreisprachig.

Für die Männer ist die ganze Entwicklung nur schwer zu begreifen. Ganz Verzweifelte versuchten erfolglos, sich mit ihren Trainingshosen zu strangulieren, immer wieder riefen sie: »Wir schalten jetzt um in das Ulrich-Haberland-Stadion«, und weil auch das nichts half, fingen sie an, dumpf in ihre Bierdosen zu murmeln. Manche fragten sich zum Trost gegenseitig die Namen der Nationalspieler Südkoreas ab und murmelten halblaut Sätze wie »Bum Chiu Sin – lauffreudig und dribbelstark«, bis ihnen ihre Frauen mit einem kühlen »Erzähl doch nicht so ein dummes Zeug, Südkorea ist noch nie über die Vorrunde hinausgekommen« das Wort abschnitten.

Andere entwickelten sich aus Protest bis auf das Niveau eines Dreijährigen zurück: »Weltmeisterschaften? Ach ja? Und gegen wen?« Aber es hat alles nichts genutzt. Die Frauen reichen keine Häppchen mehr.

Die Drohne im Mann

Manchmal verbirgt sich die Weisheit dort, wo man sie am allerwenigsten vermutet. In Stuttgart zum Beispiel. Dort sprach der (CDU-) Oberbürgermeister Manfred Rommel die klaren Worte: »Wenn eine Frau von Selbstverwirklichung spricht, dann will sie arbeiten gehen. Wenn ein Mann dagegen von Selbstverwirklichung spricht, will er sich auf die Bärenhaut legen.« Wie wahr. Aber wie kam es zu diesem hermeneutischen Mißgriff? Wie erklärt sich der maskuline Hang zu Fehlinterpretationen? Die Männer haben mal wieder nicht richtig zugehört.

Am Anfang war der Hausmann. Er hatte noch mit Schmutzwäsche und dem mitleidigen Blick seiner Geschlechtsgenossen zu kämpfen, wenn er mit der Kinderkarre nach Hause schob. Um seinen anstrengenden heroischen Alltag verarbeiten zu können, schrieb mancher gar seine Memoiren. Anstatt an Tagungen über »die Zukunft des dualen Vertriebssystems in der deutschen Autoelektronik« teilnehmen zu können, mußten die Hausmänner ihre Tage mit den Kindern im Biergarten verbringen, bei Weißbier und grellem Sonnenschein. Am Abend wurden sie von den Ehefrauen getröstet. »Schau«, sagten diese milde, »du kannst zwar nicht wie ich an dem Seminar für EG-Normen in der Abwässerbeseitigung teilnehmen, aber dafür verwirklichst du dich selbst.« Und damit nahm das Verhängnis seinen Lauf. Die Männer nahmen ihre Frauen beim Wort. Die Drohne war geboren. Der Emanzipationsgewinnler. Von da an ging es bergab.

»Nie wieder fremdbestimmt« lautete ihr Schlachtruf, und sie meinten: »Nie wieder arbeiten.« Karrierefrauen mit Aufstiegswillen wurden zu den begehrtesten Objekten der männlichen Begierde. Es regnete Heiratsanträge, aber anders als früher der Heiratsschwindler bringt der neue Mann nicht mal mehr einen falschen Adelstitel in die Ehe ein. Und mit den Hausmännern von einst teilen die Selbstverwirklicher von heute lediglich den Drang, sich zu vermehren: Ist ein Kind erst da, ist die Drohnenexistenz gesichert. Welche Frau ist so herzlos, den Kindern den Vater zu nehmen?

Nach Vertragsabschluß und Vermehrung mutieren die Männer massenweise zu Musikern, ganze Rudel fühlen sich zu Kunstfotografen berufen, noch Unentschiedene versuchen sich in Farb- und Typenbestimmungskursen, allesamt erfolglos – aber da darf man nicht kleinlich sein: Was spielt das schon für eine Rolle, wenn man sich denn verwirklicht?

Er bringt sich ein und will seiner selbst wegen geliebt werden und nicht wegen der Vermögensbeteiligung. Hausarbeit als ewige Wiederkehr des Gleichen gilt dem sinnsuchenden Mann eher als hinderlich, auch empfindet er das Gebrabbel eines Dreijährigen als wenig inspirierend, aber dankenswerterweise gibt es philippinische Putzfrauen und polnische Kindermädchen. Ansonsten ist er genügsam. Ein Versace-Jackett hier und da muß man ihm aufzwingen (»Wenn du meinst ...«), auch zur 220-Quadratmeter-Altbauwohnung und zum (renovierten) niederbayerischen Bauernhof mußte man ihn fast prügeln. Aber natürlich gibt es auch echte Krisen.

Beispielsweise, wenn sich kein Produzent für das vielversprechende 12-Ton-Debütalbum findet. Dann gilt es, tröstende Worte für den Künstler zu finden: sanfte, pädagogisch wertvolle Worte, die der Frau nach einem 14-Stunden-Arbeitstag etwas zäh aus dem Mund tröpfeln. Aber was sein muß, muß sein. Hat er nicht ihretwegen auf seine Karriere verzichtet? Und als er sich in die Mutter des kleinen Andreas verliebte, da konnte er irgendwie gar nichts dafür. Sie war eben nicht so gestreßt wie seine Ehefrau. Und wenn er sich noch nicht selbst gefunden hat, dann verwirklicht er sich noch heute.

Ich weiß, Sie sind anders, meine Herren: opfern sich für Vertriebssysteme der Halbleitertechnik und Innovation in der Abwässerentsorgung auf, bis das Blut unter den Fingernägeln hervorspritzt. Zur Selbstverwirklichung fehlt die Zeit, das überlassen Sie Ihrer Ehefrau. Als Zahnarzthelferin hat sie endlich zu sich selbst gefunden. Gut, manchmal läßt sie sich etwas gehen, tischt Geschäftsfreunden Tiefkühlkost auf, vergißt, den Jüngsten vom Reitunterricht abzuholen und die Älteste zum Discoabend zu chauffieren, bessert nicht mal ihr Make-up nach, wenn sie aus dem Büro kommt, und faselt etwas von Doppelbelastung. Da verwirklicht sich eine in Haushalt und Beruf und mäkelt immer noch rum. Frauen kann man es eben nie recht machen. Woher soll es denn sonst kommen, das Geld für den Strandroller, den Ultraleichtflieger, den Segelschein, die neue Enduro, die Leasingrate für den Mazda MX 5 und den Karibikurlaub, wenn nicht von einer Selbstverwirklicherin? Genau. Das ist eben der kleine Unterschied.

Männerpips

Daß Hühner einen Pips kriegen können, ist bekannt. Erst fangen sie an, unkontrolliert mit den Flügeln zu schlagen, dann fallen sie von der Stange, torkeln etwas herum, bis sie auf die Seite kippen und mit weit aufgerissenen Hühneraugen ins Leere starren. Aber daß so etwas auch Männern passieren kann, und zwar häufiger, als man vermutet, wurde bislang verschwiegen. Bei einem reicht es, in Hundekacke zu treten, beim anderen ist es ein warmes Bier, das ihn zur Hyäne werden läßt. Männer sind leicht aus dem Gleichgewicht zu bringen. Jedoch: Brüllt ein Mann, ist er dynamisch. Brüllt eine Frau, ist sie hysterisch.

Nehmen wir an, ein Mann macht sich morgens auf, sein Tagwerk zu verrichten. Doch bevor er seinen Hintern auf den elektronisch vorgewärmten Ledersitz des heißgeliebten Volvos plazieren kann, muß er eine erschütternde Entdeckung machen: Ein Kratzer! Von der Länge einer ausgewachsenen

Häkelnadel! Wenn der Mann zu hohem Blutdruck neigt und überdies zur Risikogruppe der Übergewichtigen und Raucher gehört, ist die Wahrscheinlichkeit, daß er auf der Stelle sein Leben neben dem Kratzer aushauchen wird, sehr groß. In allen anderen Fällen wird er, dynamisch zuckend, mit Schaum vor dem Mund, von einem aufmerksamen Nachbarn nach Hause begleitet werden, wo dann seine Frau vergeblich versuchen wird, ihn zu trösten. »Schau, wir bringen ihn gleich in die Werkstatt«, wird sie gurren, und er wird immer wieder »Der verdammte Hund! Wenn ich den erwische!« schreien.

Ähnliche Hysterie kann durch ein leichtes Tropfen der Nase ausgelöst werden. Die meisten Männer glauben dann, ihr letztes Stündlein habe geschlagen, erwarten mit schreckgeweiteten Augen die Fieberschübe (»Siebenunddreißigkommafünf!«), das Anwachsen der Lymphdrüsen auf Golfballgröße und den Zusammenbruch der Firma (»Gerade jetzt! Müller wird sofort die Gelegenheit nutzen, mir ans Bein zu pinkeln! Ich kann es mir nicht leisten, auch nur einen Tag zu fehlen!«). Die wohlmeinende Bemerkung, daß es sich NUR um eine harmlose Erkältung handle (»Harmlos! Welche Krankheit fängt nicht harmlos an!«), wertet er als endgültigen Beweis weiblicher Gefühlskälte.

Dann gibt es da noch die Situation am Flughafen. Nach der Durchsage, daß die LH 117 München-Frankfurt 45 Minuten Verspätung hat, kann man beobachten, wie Männer in Massen zu Hysterikern mutieren: Die einen verbeißen sich dynamisch in ihre Flugkoffer, andere zerreißen die Mantelsäcke in der Luft und versuchen, den Bodensteward zu erdrosseln. Später falten die Vielflieger ihr Händi auf, drohen der Sekretärin mit Kündigung, falls diese es nicht verhindern würde, daß die Konferenz der Rechtsabteilung ohne sie anfängt, und verbringen die restliche Zeit bis zum Weiterflug schmollend auf der Flughafentoilette. Und es läßt sich nicht einmal ein prämenstruelles Syndrom finden, das alles entschuldigt.

Dann gibt es da noch den süddeutschen Verleger, der immer ausrastet, wenn der Aufzug besetzt ist, weshalb seine Mitarbeiter zu Fuß gehen müssen, wenn er seinen Besuch im Verlag angedroht hat. Und dem Hundekacke-Dynamiker muß man nur das Wort »Paris!« hinwerfen, und er wird nicht etwa an Austern im »La Coupole« denken, sondern an Kot im Quartier Latin und etwas von »Alle Hunde enthaupten!« schreien.

Und von den Anlässen, die ein Restaurant bietet, ganz zu schweigen. Da ist kaum ein Mann seiner Sinne noch mächtig, ja, es ist eher so, daß man sich wundert, wenn Männer hier KEINEN Pips kriegen: Warmes Bier! Korken im Wein! Zigarrenraucher am Nebentisch! Lahme Kellner! Drängelige Kellner! Einmal ist die Pizza zu dünn, dann sind die Spaghetti zu dick. Ich kenne einen Italiener, der eine Tomatenallergie pflegt und sich beim Anblick eines arglosen Tomatenachtels, das sich unter einem Deko-Salatblatt verkrochen hat, in ein Rumpelstilzchen verwandelt: »Ich habe dem Kellner doch gesagt: OHNE TOMATEN!«

Wenn Frauen einen hysterischen Anfall kriegen, dann hat das Gründe: Der Pilot hat die Notlandung angekündigt, im Kino bricht Feuer aus, und die Notausgänge sind abgeschlossen, man kriegt mit sechsunddreißig Jahren zum ersten Mal die Windpocken. Das sind doch die wahren Krisen im Leben. Wie kommt es also zu dem Geschrei um Hundekacke, Fahrstühle und tropfende Nasen?

Tja. Denken wir doch nur an die Epidemien von Tarantella- und Mannheimer-Virus: Wenn sich der Pips ausweitet, dann ist es mit dem Weltenlenken auch vorbei. Ein Tomatenachtel, und schon fallen sie von der Stange, die Männer.

Genug gebalzt! Jetzt wird geschlampt!

Nicht mal ein Zungenkuß kann verhindern, daß Prinzen zu Kröten werden, sobald der Ehebund geschlossen oder der gemeinsame Mietvertrag unterschrieben ist. Bei den einen ist's ein schleichender Verfall, andere mutieren schlagartig. Mit Verlottern fängt's an: Der Mann vernachlässigt sein ohnehin kümmerliches Aussehen, rasiert sich nur noch alle 14 Tage, fängt an, im Bett zu rauchen, wechselt die Socken nur noch jeden zweiten Tag und sitzt morgens im Frottee-Schlafanzug am Frühstückstisch. So nach einem halben Jahr werden die sexuellen Künste, ohnehin eher Kunsthandwerk, auf Kuschelsex (»Ich hab dich ganz doll lieb«) reduziert, so daß man glauben kann, daß da kein Mann, sondern ein Meerschweinchen im Bett liegt. Seine erotische Aura sinkt auf Mike-Krüger-Niveau: Die Gegenwart einer Dame hindert ihn nicht daran, sich sein Dings zurechtzurücken. Und ihren neuen schwarzen Satin-Anzug kommentiert er mit »Was'n das für'n Schlafanzug?« In der dritten Stufe (beginnt in Extremfällen schon nach einem Jahr) wächst der Mann auf dem Sofa fest und manifestiert Alzheimersche Löcher: Er vergißt Geburts- und Hochzeitstage und Lieblingsschokoladensorten und redet Sabine als Susanne an. Und wenn Sabine säuerlich bemerkt, daß es wenig elegant ist, sie mit dem Namen seiner Exfreundin anzusprechen, stottert er nur: »Hieß die nicht Silvia?« Dann ist es Zeit, die Notbremse zu ziehen, denn von nun an ist es nur noch ein winziger Schritt, und Sabine wird nicht mehr als Susanne oder Silvia angeredet, sondern als »Mutti«. Sicherheit läßt Männer regredieren. Bis auf das geistige Niveau eines Borkenkäfers.

Das alles ist schmerzlich, aber man muß den Tatsachen ins Auge blicken: Anders als dem Eichelhäher ist dem durchschnittlichen deutschen Mann das Balzen wesensfremd. Charmieren, werben, becircen, das liegt seinem Charakter so fern wie dem Pinguin die Differentialrechnung.

Man muß wissen, welche Kulturleistung es für einen Mann darstellt, eine Frau zu umgarnen – er, dieses Wesen, das unter normalen Umständen nicht mal in der Lage ist, auch nur eine zweistellige Hausnummer zu behalten. Bei seinem Werbefeldzug muß er so viele Daten in sein Kurzzeithirn zwingen (»Ihr Sternzeichen ist Krebs, ihre Konfektionsgröße 36, Lieblingsfarbe veilchenblau, Lieblingsessen Wiener Schnitzel, sie haßt Jasmintee und Skiurlaube«), daß es schier seine Festplatte sprengt und er nur noch mit Spickzettel weiterkommt. »Wie war das noch gleich? Sie heißt Jasmin und ist schnell blau, am liebsten ißt sie Krebs, Urlaub macht sie nur in Wien, und Schnitzeljagden sind ihr Liebstes?«

Schon sechs Monate später sitzt er vor *Der Preis ist heiß*, mit der einen Hand umklammert er einen Big Mac und mit der anderen die Fernbedienung, die man ihm nur nach einem Handkantenschlag entreißen kann. Man kann sich gar nicht vorstellen, daß dieser Kerl noch vor wenigen Monaten vorgab, ohne Jim-Jarmusch- und Aki-Kaurismäki-Filme nicht leben zu können. Am wenigsten können sich die Männer selbst das vorstellen: »Irre, dieser Einsatz«, sagen sie, wenn sie beim Italiener abends zusammensitzen und sich die unglaublichen Geschichten vom anstrengenden Werben und Balzen erzählen. »Stellt euch vor, in der ersten Woche nach unserem Kennenlernen bin ich mit ihr zum Abendessen nach Venedig geflogen«, erzählt der eine, und die anderen Kumpel jaulen ein mitfühlendes »Was das kostet!«. Der nächste erinnert sich an quälende Vormittage in Jil-Sander-Boutiquen: »Und ich sage euch, am Ende konnte ich sogar Eierschal- von Elfenbeinfarben unterscheiden.« Ein anderer schwört auf Zigeunerkapellen: »Ich hab sie unter ihrem Fenster singen lassen, hat zwar 250 Mark gekostet, aber dafür hält sie mich immer noch für romantisch.«

Zum Schluß stöhnen noch alle: »Meine Güte, was war das für ein Streß!«, und dann freuen sie sich, diesen Teil des Lebens ein für allemal hinter sich gebracht zu haben, um endlich Zeit für die wesentlichen Dinge des Lebens zu haben: englische Military-Fahrräder zu sammeln, dem neuen Anzeigen-Vertriebsleiter endlich eins auf die Mütze zu geben und das CD-Rom-System zu vervollständigen. Das Leben, da sind sich die Männer einig, könnte so schön sein, wären da nicht diese ewig quengelnden, völlig unberechenbaren weiblichen Wesen, die ständig kryptische Sätze murmeln wie »Früher hattest du noch Charme« oder gar »Mit dir zu reden ist so spannend wie ein Interview mit Klaus Kinkel«. Manche Männer versuchen es dann noch mal mit einer Zigeunerkapelle. Denn ihre Angst, verlassen zu werden, wird nur von der Panik übertroffen, *schon wieder* neue Lieblingsschokoladen, Konfektionsgrößen, Lieblingsregisseure und Sternzeichen auswendig lernen zu müssen.

Die kahle Stelle

Wenn Männer eine Glatze kriegen, dann ist das bitter, aber gerecht. Sie ist der Ausgleich dafür, daß Frauen sich liften, mit Silikon unterfüttern, absaugen und sonstwie mißhandeln lassen, um dem natürlichen Alterungsprozeß vergeblich entgegenzuwirken. Männer haben keine Cellulitis und keinen Hängebusen, sie reden sich mausgraue Haare zu Silberhaar schön und Krähenfüße zu Spuren der Reife und Weisheit. Nur bei der Glatze, da bleibt ihnen die Spucke weg. Da hoffen sie auf den beruhigenden Satz der Frauen: »Mach dir nichts draus! Sieht doch ganz gut/männlich/reif/apart aus.« Alles Lüge. Frauen! Sagt endlich die Wahrheit! Eine Glatze ist eine Glatze, und alles andere ist Einbildung.

Eine Glatze ist nie sexy. Es sei denn, man findet es sexy, über einen Handball zu streichen. Na ja. Der Supergau auf dem Kopf ist einer Kastration nicht unähnlich – fehlt hier doch mit dem Haarschopf ein wesentliches sekundäres Geschlechtsmerkmal. In ihrer Not flüchten sich die Männer in Sagen und Märchen und trösten sich mit dem verbreiteten Irrglauben, daß Haarausfall einherginge mit erhöhter Potenz aufgrund eines erhöhten Testarossa-Spiegels. Nur findet sich keine Frau für die Beweisführung.

Meist beginnt die Glatze damit, daß Frauen ihren Männern morgens beim Frühstück auf die Kopfhaut schauen müssen. Das ist kein schöner Anblick. Die Männer versuchen, die Wahrheit solange es geht zu ignorieren: Sie fangen an, laut zu singen, wenn man ihnen rät, jetzt endlich etwas gegen den Haarausfall zu unternehmen. Oder sie verbrämen die Glatze, falls sie glücklicherweise vorn an der Stirn anfängt, mit Intellektualität und Nachdenklichkeit: Kaum fallen die Haare aus, wird das Sprechtempo verlangsamt, ein Volkshochschulkurs belegt und bedeutsam geguckt. Männer, die größer als 1,99 Meter sind, vertrauen darauf, daß ihnen keiner auf die Platte blicken kann, und lassen zur Tarnung die Seiten ganz lang wachsen. Gemein ist es, wenn die Glatze von oben runter kommt, aber vorn an der Stirn einen renitenten Puschel stehenläßt, gewissermaßen als bittere Reminiszenz an bessere Zeiten.

Udo Lindenberg ist bei dem Versuch, seine Kahlheit zu verbergen, der Hut auf dem Kopf festgewachsen. Bei Agassi ist es das verwegen geknotete Piratentuch. Dann gibt es die Glatzengärtner mit seitlich hochgekämmtem Haar, die sich weigern, ab Windstärke zwei das Haus zu verlassen und im Schwimmbad mit einem eigenwilligen Schwimmstil beeindrucken: Nach jedem zweiten Zug wird das Resthaar mit einer kraftvollen Armbewegung wieder über den Kopf geworfen. Und dann gibt es noch die Toupet- und Perückenträger. Perücken, die aussehen wie eine verfilzte Wollmütze und im Nacken stachelig abstehen. Viele Männer ergreifen irgendwann die Flucht nach vorn und rasieren alles Resthaar, die Tonsur, den Puschel, die Flusen, auf Drei-Tage-Bart-Länge ab. Damit man nicht mehr feststellen kann, wo der Schatten des Haupthaares beginnt und der des Barthaares aufhört. Der selige Telly Savalas, daran soll erinnert werden, hat sich seiner Glatze auch immer geschämt – schließlich sah man ihn fast nur mit Hut. Und Yul Brunner ist auch schon tot.

In ihrer Not werden viele Männer leichtgläubig. Sie vertrauen Wunderheilern mit simpelstem Marketing (»Haare sofort«, »Haare auf die feine Art«), die zwischen Anzeigen für Rheumamittel, Leder-Dessous-Stiefel (»Leder bizarr m. Zubeh.«) und Tabletten gegen Blähungen das Paradies auf dem Kopf versprechen: die Haartransplantation. Männer, die schon das Bewußtsein verlieren, wenn sie nur eine Arztpraxis betreten, lassen sich Haar für Haar in den blanken Schädel stechen. Das Ergebnis sieht dann aus wie eine Reihe frischgesäter Strandhafer. Und bei Eigenimplantaten stellt sich die Frage, was da eigentlich Eigenes implantiert werden soll, wenn doch gar nix mehr da ist. Am Ende, man wagt es kaum auszusprechen, Schamh...? Oder Achselh...? O Gott. Das wirft ein ganz anderes Licht auf so manchen Lockenkopf. Elton John! Sean Connery!

Die jüngste Entwicklung läßt nichts Gutes ahnen. Die jungen Männer werden nicht nur immer größer, sondern auch immer kahler. Kaum hat ein Mann die Pubertätsakne hinter sich gebracht, da fallen ihm schon die Haare aus. Ob es am Sommersmog liegt? Oder ob er zu schnell gewachsen ist? Auf jeden Fall ist bei der Kahlköpfigkeit ein gewisses Nord-Süd-Gefälle festzustellen. Es gibt keine kahlen Latin-Lover. Schließlich nimmt man nur dem Mann das »Amore mio« ab, der im Vollbesitz seiner Haarpracht ist. Wo soll er sich denn sonst das Haargel hinschmieren? Ins Brusttoupet vielleicht?

Ja ja. Ich weiß. Das ist alles ziemlich gemein. Aber so ist das Leben.

Der Drang zum Dings

In unserem unaufhaltsamen Drang, den letzten Tabus die Tarnkappe abzureißen und uns ins Labyrinth der Männerhirne und -herzen vorzuschrauben, kommen wir nicht umhin, uns der immer noch unbeantworteten Frage zu widmen: Warum nur, warum faßt sich der Mann immer an sein Dings?

Nicht erst seit Lorena Bobbitt rückt der Mann zurecht (zusammen, was zusammengehört??), prüft, wiegt ab, zerrt und zieht und knetet. Manchen unterläuft der Griff zum Gemächt *en passant*, beim Aufstehen oder Hinsetzen, die einen machen's verschämt, andere nur in Notlagen, vereinzelte offensiv, aber alle werden von zwei Fragen bewegt. Erstens: »Ist er noch da?« Zweitens: »Ist er etwa geschrumpft?« Kann die erste Frage mit »Ja« und die zweite mit »Nein, Gott sei Dank« beantwortet werden, ist das männliche Universum wieder im Lot, kann der Mann sein Tagwerk fortsetzen: Er mümmelt weiter an seinem Lammfilet in Balsamico-Soße, als sei nichts gewesen, und ignoriert ebenso erfolgreich wie beiläufig den genervten Blick seiner Begleiterin. Eine Frau kann »Nimm doch die Ellenbogen vom Tisch« oder »Es heißt nicht Ratitscho, sondern Radicchio mit ›K‹« sagen, aber »Grabbel dir nicht immer an deinem Dings« geht ihr nur schwer über die Lippen. Also bleibt in der Regel nur der genervte Blick.

Manche Frauen jedoch bringen es fertig, das Unaussprechliche über die Lippen zu bringen. Dann hören sie meist Fadenscheiniges wie: »Es kneift« oder »Du weißt ja nicht, wie das ist, schließlich hast du ja keinen«, was eine ebenso dümmliche Antwort ist wie das dazupassende Grinsen.

Natürlich haben Frauen keinen. Aber sie haben zwei Brüste, eine rechts und die andere links, und keiner Frau käme es je in den Sinn, diese in Konferenzen, beim Telefonieren, im Restaurant oder sonstwo ständig zurechtzurücken.

Manche Männer faseln in solchen Momenten der Bedrängnis etwas von der »Rechts- und Linksträger-Problematik« und tragen das mit einer Wichtigkeit vor, als handle es sich um die Ausgabenpolitik der Deutschen Bundesbank. Meist wenden Frauen dann mit ihrem angeborenen praktischen Sinn ein, er könne ihn ja an geraden Tagen rechts und an ungeraden links tragen, somit ließe sich zumindest die eine ausgeblichene Stelle an der Jeans vermeiden. Die im übrigen ein weiteres Mysterium ist: Kommt es vom ständigen An-das-Dings-greifen? Gehen Männer da heimlich mit der Nagelbürste dran, um den Eindruck zu erwecken, daß es *ihn* ins Freie drängt? Fragen über Fragen. Die eigentlich wichtigen werden natürlich nicht beantwortet, weil dann wieder als letzter Trumpf das simple »Du hast ja keinen« eingewendet wird. Was rhetorisch eher schwach ist. Schließlich muß man kein Schwein sein, um ein Kotelett essen zu können.

Man könnte wieder mal den Müttern die Schuld geben. Denn kaum ist der Zweijährige von seinen Pampers befreit, spielt er selbstvergessen mit seinem Dings, und vielleicht würde er damit genau wie Daumenlutschen irgendwann selbsttätig aufhören – wenn da nicht die jauchzende Verwandtschaft wäre, die ihn mit Zurufen wie »Schau, dein Piephahn« anfeuert. Nun verlieren viele Verhaltensweisen, die bei Zweijährigen »süß« sind, wie Schmatzen, Rülpsen, In-der-Nase-bohren, mit dem Alter ihren Charme. Aber auch wenn der Mann ansonsten erfolgreich manche Entwicklungshürden genommen hat: Der Griff zum Gemächt bleibt ihm heilig.

Muß er auch. Irgendwie haben wir Verständnis. Was bleibt ihm anderes übrig in einer Welt, wo es platinblonde Powerfrauen gibt, die nicht nur nach multiplen Orgasmen gieren, sondern auch in Managerpositionen drängen? Gerade in dieser Zeit des Zweifels (»Was bin ich?«) ist es dem Mann ein Bedürfnis, immer mal wieder kurz nachzufühlen, um sich dann beruhigt zurücklehnen zu können. »Er ist da, also bin ich ein Mann.« Und wenn man sich vorstellt, was in dem Kopf von Lorena Bobbitts Mann vorgegangen sein muß, als er sich wie gewohnt zwischen die Beine greifen wollte, und da war NICHTS mehr! Hat er vielleicht gedacht: »Ich bin kein Mann, aber auch keine Frau. Bin ich vielleicht ein Eichhörnchen?« Wir wissen es nicht.

Für immer und ewig

Es ist nicht leicht, ein Mann zu sein. Die Achttausender sind bestiegen, sogar ohne Sauerstoff. In der Sahara geht es zu wie auf einem Campingplatz in der Lüneburger Heide, und im Himalaya üben sich Scharen von norddeutschen Konditormeistern beim Survival-Training.

Karriere ist auch kein Ausweg. Karriere macht heute jeder. Kahlköpfige Moderatoren zerstören den Mythos von der Einmaligkeit des Stars. Jeder kommt ins Fernsehen, wenn er nur dumm genug daherfaselt. Geld hat auch jeder. Die Rolex am Arm kann nicht mal mehr eine Germanistikstudentin im ersten Semester beeindrucken.

Was bleibt? Der Heiratsantrag. Das letzte Abenteuer. Das einzige, womit der Mann einer Frau noch imponieren kann.

In Nordborneo mit Riesenschlangen rangeln – das kann jeder. Der Heiratsantrag aber ist der riskanteste und einsamste Augenblick im Leben eines

Mannes. Es gibt nur alles zu gewinnen oder alles zu verlieren.

Der Heiratsantrag ist gefährlich und erfordert Mut. Weil er den Mann mit all seinen Visa-, Diners-, Euro-, Frequent-, Traveller und sonstigen Cards mit einem Satz der Lächerlichkeit preisgeben kann: »Warum sollte ich dich heiraten, du Pimpf?« mag sie antworten – und er ist so bloßgestellt, daß er sich, wenn er Stil hat, eigentlich nur noch das Leben nehmen kann.

Aber so wird sie natürlich nicht antworten. Sie wird mit »Ja« oder »Nein« antworten, denn bei einem Heiratsantrag gibt es kein Warum. Der Heiratsantrag muß völlig sinn- und zweckfrei sein. Wird er ob der günstigeren Steuerklasse, der Feier auf dem münsterländischen Wasserschloß, des 72teiligen Silberbestecks gestellt, muß er abschlägig beschieden werden. Auch Kinder sind kein Argument und erst recht nicht dieses »Weil wir doch schon so lange zusammen sind und jetzt auch zusammenbleiben sollten«. Man heiratet, wenn man keinen Grund hat, außer diesem warmen Gefühl im Bauch und vielleicht, als einziges Zugeständnis an die Zweckmäßigkeit, auch wegen der Aussicht auf zwei verschiedene Abonnements von Tageszeitungen.

Der Mann, der den Mut zu einem Heiratsantrag

hat, beweist Niveau. Er hat erkannt, daß Frauen Göttinnen sind, denen man sich zu Füßen werfen muß. Das ist selten und gilt als zu honorieren, besonders in Zeiten, wo Männern beim Anblick einer Frau, die gerade einen Zehn-Kilo-Farbeimer in den fünften Stock ächzt, nur die Frage »Kann ich mal vorbei?« einfällt.

Der Mann zeigt einer Frau mit dem Heiratsantrag, daß sie das Wertvollste ist, was es für ihn im Leben gibt. Er, der sich bis an sein Lebensende nach ihr verzehren wird, geht ein Risiko ein, daß mit einer Antarktisdurchquerung kaum und mit dem Bekenntnis zum Hausmann überhaupt nicht zu vergleichen ist: Er verzichtet auf das Umtauschrecht.

Heute, wo sich selbst Prokuristen und Oberverwaltungsräte zur offenen Zweierbeziehung bekennen, ist der Mann, der die schlichte Frage stellt: »Willst du mich heiraten?«, eine Mischung aus Zorro, Napoleon Bonaparte und Humphrey Bogart. Neben ihm wirken Gehen-wir-zu-dir-oder-zu-mir-Typen wie Milch mit Spucke. Hobby-Pädagogen, die ihre unkonventionelle Liebe mit Einmal-in-der-Woche-Staubsaugen beweisen wollen, verblassen neben ihm wie »unser Lehrer Herr Specht« neben James Dean. Männer, die das Zusammenleben mit einer Frau als Test verstehen (»Mal sehen, wie es klappt«), sind bei einer Rückversicherungsanstalt besser aufgehoben als bei einer Göttin.

Der Heiratsantrag verlangt nicht nur Mut und Niveau, sondern auch Stil, und der äußert sich schon bei der Fragestellung. Die Formel »Eigentlich können wir ja auch heiraten« kann nur die Replik »Eigentlich können wir es aber auch bleiben lassen« nach sich ziehen. Die Frage »Was hältst du eigentlich davon, wenn wir heiraten?« erfordert zwingend ein »Nichts« zur Antwort. Die Annäherung mit den Worten »Willst du meine Frau werden?« muß als unpräzise bis irreführend zurückgewiesen werden. Wenn man erst durch die Heirat zur Frau wird, was war man dann vorher? Ein Kaninchen vielleicht?

Das imperative »Heirate mich« klingt nur glaubwürdig, wenn es einem russischen Adeligen von den Lippen perlt, der das »R« rrrollt und auch nicht vor einer Entführung der Angebeteten zurückschrecken würde. Das schlichte »Willst du mich heiraten?« ist also die einzig akzeptable Fragestellung.

Bleibt der Ort und die Gelegenheit. Der letzte und wohl auch schwierigste Teil des Drahtseilakts. Wichtig ist hier allein die Inszenierung. Beiläufige Heiratsanträge, die etwa beim Joggen, Zähneputzen oder während einer Autofahrt gestellt werden, haben als ebenso unseriös zu gelten wie Anträge während eines Urlaubs auf den Seychellen (Sonnenstich!) oder nach einer durchliebten Nacht (Hormonschübe!). In diesen Fällen muß man ablehnen!

Ein ernst zu nehmender Antrag ist durchdacht und verläuft etwa so: Es ist ein normaler Mittwoch mit Nieselregen. Er ruft sie im Büro an und lädt sie ins Restaurant ein. Nicht zum Griechen an der Ecke, aber auch nicht in einen Feinschmeckertempel, wo er vor lauter Rätselraten um die Reihenfolge des Bestecks nicht zur Sache kommt. Der Diamant gehört dazu (nur bei Studenten ist ein Splitter erlaubt), und wenn der pakistanische Rosenverkäufer vorbeikommt, müssen alle 57 Rosen gekauft werden. Was kann eine Frau angesichts eines solchen Antrags für Weltumsegler, Saharadurchquerer und Riesenschlangenrangler noch übrig haben?

Ein müdes Lächeln.

Jetzt führe ich!

Mit dem Tanzen ist es wie mit dem Kochen, bei Männern jedenfalls: Entweder können sie gar nichts, oder sie treiben ihr Können verbissen in die Drei-Sterne-Perfektion. Entweder Fünf-Minuten-Terrine oder burgundische Milchlammrücken gesotten in Soja-Kräuter-Brühe. Gute Gebrauchttänzer, etwa auf Omelett-Niveau, gibt es nicht.

Fangen wir mit den Eintänzern an. Die muß man schon aus dem Grunde meiden, weil sie auch im Bett zu den Verbissenen gehören, die danach immer »Wie war's?« fragen und auf die Note Sechskommanull hoffen. Das sind Männer, die wir schon in der Tanzstunde gehaßt haben, weil sie aussahen wie eine Kreuzung aus Sascha Hehn und Michael Holm, Schwitzehändchen hatten und uns immer ein »Du machst den Sidestep nicht richtig« zugezischelt haben. Heute haben sie als Leiter der Rechtsabteilung Karriere gemacht, sich über Bronze und Silber bis zur Goldnadel vorgetanzt und sind mit einer Frau verheiratet, mit der sie ihr Hobby teilen. Solche Männer warten nur auf die Gelegenheit, die fünfteilige Saltimbocca-Kombination vorzutanzen, mit der sie bei den letzten Kreismeisterschaften einen Achtungserfolg erzielt haben. Die Tanzpartnerin nehmen sie dabei billigend in Kauf, drücken ihr den Oberkörper nach hinten, bis es knackt, rammen den Oberschenkel zwischen ihre Beine und schieben sie wie eine Trophäe vor sich her, um ihr schließlich ein empörtes »Du läßt dich nicht führen!« ins Ohr zu keuchen. Dieses »Du läßt dich nicht führen« gehört zu den letzten Mysterien des Geschlechterkampfes. Männer wollen sich am liebsten durchfüttern lassen, lassen einem jede Tür vor die Nase fallen, rücken sich den Stuhl höchstens unter ihrem eigenen Hintern zurecht, aber kaum wird getanzt, glaubt jeder Schlaffi reflexartig, plötzlich »führen« zu müssen! Frauen müssen nicht geführt und nicht geschoben werden, denn anders als bei Männern sagt ihnen der Instinkt, wann sie ein bißchen nach rechts und wann ein bißchen nach links steppen müssen.

Eigentlich ist das alles ziemlich schade, denn es gibt ja nichts Erotischeres, als mit einem fremden Mann zu tanzen. Man denke nur an die Szene mit dem blinden (!) tangotanzenden (!) Al Pacino (!) in *Der Duft der Frauen.* Nur: Wann hat man dazu schon Gelegenheit? Es muß ja nicht gleich ein Blinder sein. Auch nicht unbedingt Al Pacino. Wir würden uns bereits mit Männern begnügen, die den Unterschied zwischen Walzer und Rock 'n' Roll raushören können und dabei nicht aussehen wie Rex Gildo. Es muß auch nicht der eigene sein! (Aber das gibt's schon gar nicht: Entweder kleben die Männer auf ihren Stühlen wie mit Zwei-Komponenten-Kleber festgeleimt und kriegen bei dem alleinigen Gedanken, eine FREMDE(!) FRAU(!) ZUM TANZEN(!) AUFZUFORDERN(!), ein solches Herzrasen, als gelte es, die nächste Sparkassenzweigstelle auszurauben. Oder an ihrer Seite sitzt die Gattin mit Argusaugen, die zur Blutrache fähig ist, wenn ER eine andere Frau auffordern sollte.) In der Realität ist es so, daß man, wenn überhaupt, nur die Wahl hat zwischen verkniffenen Eintänzern und Möbelpackern: Männern, die beim Tanzen immer so aussehen, als versuchten sie gerade einen Steinway-Flügel zu verrücken. Sie lehnen an ihrer Partnerin und drücken sie in diese und jene Richtung, wobei sie mit den Füßen auf der Stelle scharren, als wollten sie sich ein ganz besonders hartnäckiges Kaugummi von der Sohle treten. Ohne rot zu werden behaupten sie auch noch, am liebsten »Schieber« zu tanzen. Dann gibt's noch die Erotomanen, die in Ermangelung irgendwelcher Schrittkombinationen ihrer Tanzpartnerin die Zunge in die Ohrmuschel stecken, entweder im Ankergriff an ihr hängen oder sie füßescharrenderweise von oben bis unten begrabbeln, als müsse man von Hals nach Po etwas wegmassieren. Manche Männer haben immerhin ein schlechtes Gewissen, daß sie sich auf der Tanzfläche bewegen wie eine Betonmischmaschine, weshalb sie zum Ausgleich immerzu »Eins-Zwei-Tapp« murmeln und beim »Tapp« ihr Bein so plötzlich und unerwartet vorschnellen lassen, daß sie den Nebenmann zu Fall bringen. Es ist eben ein ganz dunkles Kapitel, das Tanzen. Aber warum sollte es mit dem Tanzen anders sein als mit dem Autofahren, dem Lügen und dem Programmieren des Videorecorders? Männer überschätzen sich fast immer.

Du streichelst mich nie

Natürlich kann man auch einfach übereinander herfallen. Aber das ist eigentlich nur portugiesischen Fischern, sizilianischen Schafhirten oder Hoteleinrichtung-zertrümmernden Rockstars gestattet, von denen man weiß, daß sie auch nicht davor zurückschrecken würden, die Tür zum Schlafzimmer der Geliebten einzutreten und den Rivalen durch die geschlossene Fensterscheibe direkt in den Altpapiercontainer zu werfen. Mit Bauernlümmel-Rustikalsex verhält es sich jedoch genau wie mit Bratkartoffeln und Grünkohl: Kann man nicht jeden Tag vertragen. Eine gewisse erotische Kultiviertheit möcht' schon sein. Und dazu gehört das Streicheln.

Das Wort allein (»Warum streichelst du mich nie?«) ist natürlich grauenvoll, denn es klingt nach Selbsterfahrungswochenenden in der Heide und indianischen Schwitzhütten, nach Hirsebratlingen und Brennesseltee, nach Männern, die Hans-Joachim heißen und auch so aussehen: Kranzbart-Religionslehrer mit hängendem Hosenboden und Wollflusen unter den Armen.

Aber wir Frauen wollen nichts leugnen: Es stimmt, daß wir es waren, die nach mehr Zärtlichkeit und Liebkosungen verlangten, nach Sinnlichkeit und vielleicht Leidenschaft, von Wollust ganz zu schweigen, und irgendwann fiel der fatale Satz: Streichel mich. Das war natürlich der Anfang vom Ende. Denn die Männer dachten sich: Wenn's weiter nix ist! Bis dato erschöpfte sich zwar ihr Ausdruck höchster Zuneigung in einem Tätscheln, das irgendwo zwischen Erstkläßlern-über-das-Haarstreichen und wohlwollend-den-Rücken-eines-alten-Schäferhundes-klopfen lag. Aber dann wurde gestreichelt bis aufs Blut: An uns soll es nicht liegen! Jeder Frau ihr Schälchen Haferflocken!

In Scharen mutierten Männer zu sensiblen Schmusekätzchen, depressiven Dauerstreichlern und rheumatischen Ringelschwänzchen, auf den Lippen immer ein »Tut das nicht gut?«, bis keine Frau mehr zwischen Sex und Shiatsu, zwischen Männern und Fußreflexzonen-Masseuren unterscheiden konnte. Das waren die einen. Die anderen streichelten immer noch so, als würden sie die Frühstückskrümel von der Zeitung streichen.

Wir leben zwar heute in Zeiten des Wonderbras,

aber auch wenn sich die Frauen den Busen bis unters Kinn schnüren, hat sich im wesentlichen nichts geändert: Der Sinn des Streichelns hat sich bis heute nicht den Männern erschlossen. Die meisten halten es immer noch für Unfug und Zeitverlust, aber man möchte ja auch nicht als Frauenfeind gelten, also wird getätschelt. Da gibt es die Suchdienst-Streichler, die sich von Planquadrat A zu Planquadrat C vorarbeiten, nimmermüde Wünschelruten-Streichler mit Händen wie ein Luffa-Schwamm, mit kreisförmigen Bewegungen immer auf der Suche nach der erogenen Zone, die Einheiten-Zähler, die nach fünfmal Knietätscheln und dreimal Busenzwacken in den verdienten Schlaf sinken, oder die Aufrechner, die ihrer Geliebten dreimal den Unterarm kraulen, um dann wie ein Maikäfer auf den Rücken zu fallen und »Jetzt bin ich dran!« zu schreien. Gefürchtet sind auch die Dermatologen, die (»Hier hast du ja ganz rauhe Haut, du mußt dir das morgens mit Linola-Fettcreme einreiben!«) den Po ihrer Auserwählten mit akribischem Forscherehrgeiz ergründen und bei der Gelegenheit auch gleich jede Hautfalte auf maligne Melanome untersuchen (»Das solltest du dir demnächst wegmachen lassen, man liest ja heute so viel über Hautkrebs«) und ihre Hand nicht über die Oberschenkel gleiten lassen können, ohne dabei auch gleich den Cellulitis-Kneiftest (»Ich hab gehört, daß kalte Wassergüsse ganz gut dagegen sind«) durchzuführen. Und der Hektiker, der seine Hand wie eine nervöse Wüstenspringmaus von Zeh zu Schulterblatt huschen läßt, darf ebensowenig verschwiegen werden wie der Klempner, der mit starrem Blick auf das Kosten-Nutzen-Verhältnis hier schraubt, da hämmert, dort drückt – schließlich hat er den Ehrgeiz, den weiblichen Körper wie einen Wasserboiler zum Funktionieren zu bringen.

Es hilft nichts: Männer sind funktionale Streichler. Kein Fingerstrich darf umsonst sein. Zweckfreies, selbstvergessen-sinnliches Streicheln, pfauenfederleichtes Liebkosen – das gibt's nur im Kinderzoo.

Der behaarte Mann

Doch, doch, wir haben Verständnis. Männer verfügen über wenige Möglichkeiten, ihre Persönlichkeit auch äußerlich zum Ausdruck zu bringen. Nicht Mieder und Minirock, nicht Stilettos und Seidendessous, nein, ihnen bleiben nur Anzug und Krawatte, Krawatte und Anzug. Und das tagaus, tagein. Ein Leben lang. Über die Krawatte allein kann sich natürlich kein Mann definieren, auch wenn das manche in ihrer Verzweiflung glauben und sich Binder mit toten Fischen und rosa Schweinchen um den Hals hängen. Da kann man schon verstehen, daß letztlich drastischere Maßnahmen erforderlich sind. Aber muß man sich deswegen gleich das Gesicht zuwachsen lassen? Mit Krisselbärten, die aussehen wie ein abgetretener Flokati-Teppich? Mit gezierten Zwirbelbärtchen? Mit klobigen Kinnbärten? Nein!

Frauen hassen Bärte, und wer das Gegenteil behauptet, lügt. Es wird natürlich immer Frauen geben, die ihrem Mann einreden, der Zwergschnäuzer gebe seinem Gesicht »so etwas Markantes«. Das ist jedoch ein genauso barmherziges Märchen wie die Bemerkung, daß Männer mit Bauch gemütlicher seien als schlanke Männer. Männern kann man viel erzählen – schließlich hat man ja auch nicht jeden Tag Lust, ihnen die saure Wahrheit ins Gesicht zu schleudern.

Frauen hassen Bärte jedoch nicht nur, weil sie wissen, daß sich hinter dem Gestrüpp nichts verbirgt außer einem fliehenden Kinn. Sie verabscheuen Bärte auch aus hygienischen Erwägungen. Etwa weil das Küssen eines bärtigen Mannes so erotisch ist wie das Schmusen mit einer Bergziege. Die müffelt genauso. Oder wie ein Zungenkuß mit dem Sisalteppich. Oder wie Kuscheln mit dem Kunstrasen. Aber weil der Bärtige ja in der Regel keine anderen Bärtigen küßt (deswegen haben Schwule übrigens auch selten mehr als einen Minischnäuzer!), ignoriert der Mann völlig, wie wenig stimulierend es ist, sich einem Gesicht zu nähern, in dem noch die Haferflocken vom Dreikornfrühstück hängen.

Wenn wir aber den Gedanken vertiefen, daß sich der Mann mit seinem Bart ausdrücken will, dann kommt nur Betrübliches zutage. An ihren Bärten sollt ihr sie erkennen! Fangen wir mit dem

Kinnbart an: Scharpings Bart (Ich weiß: Schon wieder der Scharping! Aber, tut mir leid: Selbst Kohl, Kinkel und mecklenburgischen Hinterbänklern ist es zu blöd, mit so einem Oberstudienratsbärtchen durchs Parlament zu laufen!). Sein Bart ist weder Fisch noch Fleisch: weder 68er-Tundra-Vollbart, noch zipfeliges Oberlippengewächs, sondern irgendwo unentschlossen dazwischen. Zuviel Haar, um manieriert zu sein, zu wenig, um zum Revoluzzer zu taugen. Eng verwandt mit Karl Dalls Drosselbart, nur mit dem Unterschied, daß Scharpings Barthaare so ordentlich daliegen wie Akten in einem Leitz-Ordner.

Dann der Rauschebart. Den kann man eigentlich nur bei Männern entschuldigen, die schon 77 sind und ihre Altersweisheit mit Milka-Werbespots zum Ausdruck bringen. Oder bei Männern wie Ivan Rebroff, die dazu verdammt sind, ihr Leben mit einer Pelzmütze auf dem Kopf zu verbringen und »Der stille Don« zu singen. Oder bei Grünen-Abgeordneten, die in den 8oer Jahren von ihren sadistischen Parteigenossinnen gezwungen wurden, in den Sitzungspausen Socken mit rechtsgedrehtem Zopfmuster zu stricken. Auch bei Nikoläusen sind sie erlaubt, denn Weihnachtsmänner nehmen ihre Bärte bekanntlich spätestens an Neujahr ab. Bei manchen Männern ist der Vollbart die erste

Etappe auf dem Weg zur Verwandlung in einen Teddybären. Erst kommt der Bart, dann wächst es ihnen aus Ohren und Nase, auf Zeigefinger und dickem Zeh, über Brust und Rücken, bis ihnen eines Tages das Sägemehl aus dem Bauchnabel rieselt!

Ausgehend von Hollywood-Jungstars hat sich das Ho-Chi-Min-Ziegenbärtchen wie ein Grippevirus bis hin zu Paderborner Gymnasiasten und Münchener Nachwuchsmoderatoren verbreitet. Zur Ziegenbärtchen-Etikette gehört zwingend der Birkenstockschuh und die Basketballkappe, die IMMER NOCH verkehrt herum getragen wird. André Agassi trägt ihn auch, den Geißbockbart, aber Agassi läuft auch mit zwei übereinandergezogenen Unterhosen rum und ist obenrum schon kahl. Dann gibt es noch die hormonträchtigen Drei-Tage-Bärte, mit denen sich jeder Versicherungskaufmann wie Henry Miller nach drei Nächten mit Anaïs Nin fühlt.

Aber das Allerschlimmste ist der Schnäuzer. Glaubhaft nur bei afghanischen Freiheitskämpfern und solchen, die es werden wollen. Hat oft etwas Paramilitärisches, weshalb er überproportional häufig bei Polizeidienst-Anwärtern vertreten ist. Entschuldbar nur bei krankhaftem Unterbiß. Götz George trägt ihn wie ein Warndreieck im Gesicht

(»Hört her, ihr Weiber! Bin heute wieder ganz auf Schimanski gebürstet!«), bei Rudolph Mooshammer klebt er wie eine Lakritze auf der Oberlippe, aber der hat auch eine von oben nach unten verlaufend getönte Sonnenbrille auf der Nase, da muß man nachsichtig sein. Der Tennis-Tiriac läßt ihn schräg nach unten hängen, wohl weil er erwartet, sich in nächster Zeit in Conan, den Barbaren, zu verwandeln. Nur kam dabei das NDR3-Walroß raus. Aber auch hier sind wir großherzig: Männer mit Walroß-Bart und Pilotensonnenbrille (Getönt!!! Von oben nach unten verlaufend!!!) sind für ihre Taten nicht verantwortlich.

Na ja. Behaltet eure Bärte. Aber eine Frau kriegt ihr so nicht ab.

32 Lieblingsfeinde

Man kann nicht immer nachsichtig sein. Oft muß man einfach entschieden einseitig sein. Es gibt immer noch genug Männer, denen man gerne den Hals umdrehen möchte.

Zum Beispiel David Copperfield, bei dem wir nie die Hoffnung aufgeben werden, daß er sich wieder in ein sprechendes Kaninchen zurückverwandelt. Unerträglich ist auch Heiner Lauterbach. Laut PETRA kommt er ohne »Face-Check« an keinem Schaufenster vorbei, der Gute. Wer hat dem eigentlich gesagt, daß er ein Frauentyp sei? Und seinem Freundchen Uwe Ochsenknecht muß man unbedingt mitteilen, daß es nicht reicht, in »Männer« mitgespielt zu haben, um ein Mann zu sein. Auch Klaus Löwitsch hält sich für einen Mann. Deshalb trägt er immer eine Porschebrille, damit man ihn von einem Schuhkarton unterscheiden kann. Bruder im Geiste ist Bruce Willis (geboren in Idar-Oberstein!), dessen schauspielerische Leistung sich in jedem Film darin erschöpft, Feinripp-Hemden zu tragen und die Bauchmuskeln anzuspannen. Wim Wenders hat wahrscheinlich keine Bauchmuskeln, aber dafür viel Empfindsamkeit: Sensibel und ungebügelt flattert das Yamamoto-Hemd um Leib, Seele und deutschen Wald, irgendwo im Himmel über Berlin oder nirgendwo oder sowieso, während wirr und wölk der Blick durch das schwarze Brillengestell und leider auch manchmal durch die Filmkamera irrt. Seelenverwandt mit Peter Handke, dem prätentiösesten Pfadfinder im deutschsprachigen Raum fürs knöcheltiefe Gemüt: Müdigkeit. Niemandsbucht. Gewicht der Welt. Bleistifte. Valium. Schlafen. Tief. Sofort. Da rauschet die Eiche, da wehet der Wind, da zucket das Feuilleton. Und was Handke fürs Feuilleton, ist Roger Willemsen fürs ZDF. Der Akademiker fürs Grobe. Insider berichten, daß man ihm die Talkshow angeboten hat, nachdem er es schaffte, den Intendanten Dieter Stolte beim Kreuzworträtsel-Lösen um Längen zu schlagen. Grinst bei jedem Interview so selbstgefällig und siebengescheit und musterschülerhaft in die Kamera, daß man ihn am liebsten mit einem Montblanc erstechen möchte.

Wenn wir schon bei den Intellektuellen sind, dann wollen wir Hans Meiser nicht verschweigen, den Mensch gewordenen Gartenzwerg. Oder den

Dichter Bodo Kirchhoff. Kaum will er das endgültige Kriegerepos schreiben, da wirft sich der Körper in den Weg! Mit Leistenbruch in Somalia! Nimm Dir ein Beispiel am Papst, Bodo. Der reist seit Jahren mit künstlicher Hüfte durch die ganze Welt! Apropos Papst. Bei dem kann man gar nicht einseitig genug sein, um endlich herauszukriegen, warum er was gegen Frauen hat. Weil die den Priestersex stören könnten? Päpstlicher als der Papst gibt sich nur noch der Professor Joachim Kaiser, über dessen Leisten man nichts weiß, der aber dafür sein Bildungsgut allwöchentlich durch die Bunte pladdern läßt: Da singt einer »baritonal gegen eine zartmelancholische Flöte«, »kratzt ekstatisch«, bis die Musik und der Leser ermatten ob des professoralen Plum-Puddings. Karl Lagerfeld doziert genauso gerne über Geschmacksfragen. Gnädigerweise verhindert sein Sprachfehler, daß man ihn versteht. Sein Kollege Joop! (Hamsterbacken! Überall!) redet immerzu darüber, daß New York so kosmopolitisch sei. Ach was.

Dann gibt es noch die professionellen Quasselstrippen wie Peter Scholl-Latour und Henryk M. Broder: Es gibt nichts zu sagen, aber wir sprechen es trotzdem aus! Wenn wir schon dabei sind: Was bedeutet Broders M.? Henryk Milli Broder? Henryk Maria Broder? Oder Henryk Männlein Broder?

Beim allgegenwärtigen Scholl-Latour gibt es nur einen Ort, wo wir ihn wirklich gerne sähen: in Lederkorsage an den Heizkörper gefesselt, seine Gefährtin schwingt die Peitsche und zischelt: »Schwöre, daß du mir nie wieder die Welt erklären wirst!« Nicht Lederkorsage, sondern Stilettos möchten wir Helmut Newtons schlaffen Hinterbacken empfehlen, nicht unter 14 Zentimetern, weil Stöckelschuhe ja bekanntlich die Po-Backen besonders heben. Von Stilettos ist es nicht weit zum Wonderbra: Wenn Kerle mit Wonderbra wie Ru Paul aussehen – prima. Wenn sie aber damit wie Hannelore Kohl, Mutter Beimer oder eben Lilo Wanders aussehen, steht darauf Strafe: Müttergenesungsheim nicht unter drei Jahren. Bei Müttern fällt uns Joschka Fischer ein, dem wir endlich auf den Weg geben möchten, daß Grüne einfach nicht so dick und bräsig daherkommen dürfen wie CDU- oder FDP-Bonzen. Wie kann man gegen Umweltzerstörung sein und sich selbst Kilo für Kilo zerstören? Wählt keine Grünen über 75 Kilo! Sieht man sich bei den Politikern weiter nach brauchbaren Lieblingsfeinden um, dann wird es schwierig. Vielleicht noch Pastoren wie Peter Hintze oder Berufsbayern wie Peter Gauweiler (die sieben Leben des Peter G. Warum kann da keiner mal richtig draufhauen?). Aber die meisten sind einfach nicht satisfaktionsfähig. Und wenn Herr Mertes nicht wäre (nein, nicht der Valensina-Onkel, sondern der Stiefelknecht des Kanzlers auf SAT1), der Kohl bis an den Wolfgangsee nachreist, um ihn das wiederholen zu lassen, was er ohnehin schon in jedem abgefragten Monolog gesagt hat, dann gäbe es so gar nix Gescheites zum Aufregen. Da ist es doch in der Musik ganz anders. Da haben wir Klaus Lage (tausendmal gehört) und Peter Maffay, dessen Erlebniswelt sich darin erschöpft, früher drei Flaschen Scotch getrunken zu haben und jetzt Bodybuilding zu betreiben. Sei ein Mann, Peter! Trink weiter! Der Gesang des Designersängers Marius Müller-Westernhagen ist so überflüssig wie eine Alessi-Zitronenpresse, und dem Prolo-Rocker Grönemeyer wünscht man eine Currywurst in den Hals.

Am allerunerträglichsten aber ist immer noch Konstantin Wecker, Rudolf Scharpings singender Freund. Der versucht mit Lederhose (immer noch!) und aufgeknöpftem Hemd dem SPD-Vorsitzenden den Sex-Appeal streitig zu machen.

Wer noch? Michael Schumacher. Den erträgt keine anständige Frau. Warum ist er nicht in der Eifel geblieben, um erfolgreich Schaufelradbagger zu fahren? Dann könnte er ab und zu gemütlich mit Corinna nach Feierabend ein Gläschen Bier trinken und müßte nicht ewig aufgeregt den Champagner in der Gegend herumverspritzen. Und Michael Stich? Lange Zähne, dünne Beine, Jessica und gesundes Volksempfinden, das ist einfach zuviel. Na, und der Rest ist schnell erzählt: Volker Rühe (Volker Who?) ist auch als Verteidigungsminister nicht spannender geworden und hat immer noch die Angewohnheit, mit jedem Tapetenmuster eins zu werden. Und Männer wie Dieter Bohlen, die einen Kopf haben wie eine Ananas und trotzdem singen – ja mei! Das Schlimme ist jedoch, daß man sich eigentlich nicht mal so richtig über sie aufregen kann. Denn so viel geben sie auch wieder nicht her, die Männer.

Paula Almqvist
Du hast's gut
Beobachtungen von der Sofakante

Band 12829

Paula Almqvist

Du hast's gut

Beobachtungen von der Sofakante

Viele kennen und lieben sie: Paula Almqvist, ihres Zeichens Jurnalistin. Neben ihren Reportagen schreibt sie seit Jahren Zeitgeist-Kolumnen für den *stern.* Dieses Buch enthält eine Auswahl ihrer besten Beiträge. Mit Witz, Charme und der berühmten »spitzen Feder« sagt Paula Almqvist dem Zeitgeist den Kampf an, wobei sie sich eher mit dem Alltäglichen als mit dem Außergewöhnlichen befaßt. So schreibt sie zum Beispiel über die unsägliche Qual eines Elternabends, erstellt Klamotten-Wegweiser für die Gartenarbeit oder sammelt unter dem Titel »Nur zehn Minuten täglich« Tips, die das Leben angeblich positiv verändern - Seilhüpfen, Haare bürsten, Sprachkassetten hören, Yoga und vieles mehr.

BASTEI LÜBBE

Band 12846

MISSFITS

**Kennse einen,
kennse alle**

**Ein äußerst vergnüglicher Rückblick über zehn
Jahre Frauenkabarett**

Männer sind für sie kein Thema, Frauen übrigens auch
nicht. Und Feminismus schon gar nicht. Daraus folgt in
weiblicher Logik: Ihre Stücke handeln von Männern,
Frauen und Feminismus. Das Kabarett-Duo Missfits –
alias Stephanie Überall und Gerburg Jahnke – präsentiert
in diesem Buch das Beste aus fünf Progammen.
Hintersinnige Betrachtungen über Interviews, Hausmei-
ster, Sex, Drogen und das Leben auf Rädern werden
durch Szenenfotos und Schnappschüsse aus der
Privatschatulle ergänzt.

Band 12821

Antje de la Porte
Hexen fliegen nicht alleine

Das darf doch nicht wahr sein, denkt Nina, als sie in ihrer Wohnung nicht Ehemann Oliver, sondern dessen Geliebte vorfindet. Nach ihrer Trennung lernt sie die Tücken des Singledaseins kennen. Sie beginnt eine Affäre mit dem schönen Ralph. Schützenhilfe bekommt Nina von ihren Freundinnen Vera und Chantal, deren Beziehungen zum starken Geschlecht ebenfalls recht stürmisch verlaufen. Alle drei Frauen entdecken neue Wege, und es zeigt sich: Moderne Hexen fliegen nicht lange alleine.